講談社文庫

決戦！忠臣蔵

葉室麟、朝井まかて、夢枕獏、
長浦京、梶よう子、諸田玲子、山本一力

講談社

目次

決戦！忠臣蔵

鬼の影

葉室麟

一

男は三味線《しやみせん》を抱えて底響きする声で唄《うた》った。

更けて廓《くるわ》のよそほひ見れば
宵《よひ》の燈火《ともしび》うちそむき寝《ね》の
夢の花さへ散らす嵐のさそひ来て
閨《ねや》をつれ出すつれ人をとこ
よそのさらばも猶《なほ》あはれにて
内も中戸《なかど》をあくるしののめ
送る姿の一重帯
解《と》けてほどけて寝乱れ髪の

黄楊《つげ》のつげの小櫛《をぐし》も
さすが涙のはらはら
袖《そで》に、こぼれて袖に
露《つゆ》のよすがの憂きつとめ
こぼれて袖に
つらきよすがのうき勤め

唄い終えて男が三味線を置くと、はなやかな衣装に身を包み、脂粉《しふん》の香を漂わせた娼妓《しょうぎ》の夢橋《ゆめはし》と夕霧《ゆうぎり》が手を叩いて嬌声《きょうせい》をあげる。

「ええ声やなあ」

「ほれぼれしますえ」

池田久右衛門《いけだきゅうえもん》は盃《はい》を口もとに運びつつ、

「さすがに戸張《とばり》殿は達者でござるな」

と笑った。頭を剃《そ》り上げて体つきはがっしりとした戸張甚九郎《じんくろう》は、夢橋に酌《しゃく》をされつつひとのよさげな顔で、

「池田様がつくられた歌詞がええさかいや。まことによい唄ですな〈里げしき〉は

──」

と愛想よく答えた。

甚九郎は拙庵《せつあん》と号して伏見《ふしみ》で医者をしているが、親の遺した財産がたっぷりとあるらしく、医業もそこそこに遊里《ゆうり》に出入りして遊び歩いていた。

ここは京、伏見の撞木町《しゅもくまち》の妓楼《ぎろう》、笹屋《ささや》である。撞木町は京街道、大津《おおつ》街道が分岐する地で芝居小屋があり、遊郭が軒《のき》を連ねている。

撞木町の遊女は太夫《たゆう》はおらず、下級の天神《てんじん》、囲《かこ》い、半夜《はんや》などだけだが、それだけに金もかからず、気楽に遊べることから遊客に好まれていた。撞木町という町名は地形が撞木に似ていたのでつけられたという。

久右衛門のかたわらに控えて、もてなしていた笹屋の主人清右衛門《せいえもん》も、

「さすが涙のはらはら、袖に、こぼれて袖に、露のよすがの憂きつとめ、こぼれて袖に、つらきよすがのうき勤め、とはまことに哀しくせつない唄でございます。池田様はお武家やのによく作られました」

とため息をついて言った。

「武家とはいっても、主家を失った浪人者、世渡りの哀しさぐらいはわかるようになったということかな」

久右衛門はしみじみと言った。夕霧が久右衛門にしなだれかかり、酌をした。

「それでも、お武家はお武家、地獄に暮らす遊女の辛《つら》さはおわかりにならしまへん」

「そうか、ここは地獄か」

「へえ、まことに楽しい地獄どす」

夕霧がなおも言うと、清右衛門が苦笑した。

「これ、さように申しては座興の妨げや」

久右衛門は盃を干して、

「なんの、まことにこの世は地獄やと思えばこそ、酒も女も身に染みる」

筆と硯《すずり》を持ってきてくれ、と久右衛門は言った。清右衛門が手を叩き、小女《こおんな》に言いつけると、すぐに筆と硯が用意された。

久右衛門は立ち上がると、白い襖《ふすま》に向かって硯を手に筆をとった。

今日亦逢遊君　空過光陰
明日如何　可憐恐君急払袖帰
浮世人久不許逗留　不過二夜者也

甚九郎が、すぐに声をあげて読み下していく。

今日また遊君に逢ひて、光陰空《むな》しく過ぎる
明日はいかならん、憐れむべし恐らく君急に袖を払ひて帰らん
浮世人の久しく逗留《とうりゅう》するを許さず、二夜を過ぎざるものなり

読み下した甚九郎は感に堪えたように、

「なるほど、粋なものやな」

と言った。清右衛門もうなずく。

「池田様はまことに粋人どす」

久右衛門は黙って盃を重ねる。

その表情にわずかな翳《かげ》りがあるのに気づいているのは、馴染《なじ》みの夕霧だけだ。

池田久右衛門とは仮の名である。

久右衛門の本名は、

——大石内蔵助良雄《おおいしくらのすけよしたか》
だった。

元禄《げんろく》十四年（一七〇一）三月十四日、江戸城中松之廊下において、高家《こうけ》筆頭の吉良《きら》上野介義央《こうずけのすけよしひさ》を小刀《ちいさがたな》で切りつけ傷を負わせる事件を起こした浅野内匠頭長矩《あさのたくみのかみながのり》につかえた筆頭家老である。

刃傷《にんじょう》により長矩は切腹、城地収公の裁断が直《ただ》ちに行われた。この報告が赤穂《あこう》に伝えられると家中は混乱し、城明け渡しを拒み、城を枕に討ち死にすべきだ、あるいは吉良上野介への主君の恨《うら》みを晴らすべきだなどと論議は沸騰した。

大石はこれらの意見をふたつにまとめた。ひとつは長矩の弟、浅野大学長広《だいがくながひろ》による浅野家再興を願い出ること、さらに城中での喧嘩《けんか》は両成敗であるべきだとして吉良の処分を求めることだった。この際、大石は藩士が結束してことにあたるよう、

——義盟

を結んだ。これが後々、藩士たちを縛ることになる。

大石は家中を鎮《しず》め、四月十九日には赤穂城を受城使に無事明け渡した。さらに藩札交換や家中の割賦《わっぷ》金《きん》支給などの煩雑《はんざつ》な事務も滞りなく行った。

そして六月に京都郊外の山科《やましな》に移り住んだ。

隠棲先として山科を選んだのは、浅野家の物頭《ものがしら》役四百石で大石の親族である進藤源四郎《しんどうげんしろう》の縁地で、近隣の江州石山《ごうしゅういしやま》の東の大石村には大石家の縁者が多かったからだ。

この時代、幕府の取り締まりが厳しく浪人が住居を構えるには庄屋や村役人の許可が必要だった。

大石は進藤源四郎を元請人として千八百坪の土地を買い、移り住んだのだ。

山科は京の東山《ひがしやま》と逢坂山《おうさかやま》との谷間の盆地で、東海道に近く京都や伏見にも近いなどの便がよかった。

大石は日頃、自らを表さない性格で、

――昼行燈《ひるあんどん》

のあだ名すらあったが、主君の刃傷事件以後は果断な処理を行い、周囲にとって意外な器量を見せた。しかし、山科に移ってからは、遊興にふけり、あたかももとの凡庸に戻ったかのようである。

大石が傷ついた獣が癒《い》えるのを山中で待つように山科に潜《ひそ》んでから、ちょうど一年がたった。

元禄十五年六月――

すでに浅野内匠頭の切腹から一年三ヵ月が過ぎようとしていた。

この夜遅くなって大石は駕籠《かご》を呼んでもらい、帰宅の途についた。どのように遊んでも郭《くるわ》に泊まらないのは、上士であった者の行儀のよさだった。

撞木町に通う遊客は、

――白魚《しらうお》大臣
などと呼ばれる。

京から撞木町までの駕籠代が五匁二分《もんめぶ》で駕籠代と遊び代が同じくらいだということから、竹籠《たけかご》代のほうが高い白魚にちなむのだという。ちなみに当時、京の祇園《ぎおん》で遊べば三十匁はかかった。

駕籠に乗った大石は酔ってあたかも白魚のようにぐったりとして居眠りしていた。

だが、突然、駕籠が止まった。

駕籠かきが、悲鳴をあげるのと、駕籠のたれを白刃が貫《つらぬ》くのが同時だった。大石の鼻先に刃が突きつけられた形になった。

大石は眉《まゆ》ひとつ動かさず、

――何者だ
と声を発した。駕籠の外から男の声がした。

「堀部《ほりべ》でござる。行いを改められよ。さもなくば次にはお命を頂戴いたす」

言い終えると同時に白刃は駕籠の外へ引き抜かれた。

大石がたれをあげてのぞき見ると、月光に笠をかぶった大柄な浪人者が撞木町の方角に悠然《ゆうぜん》と立ち去っていくのが見えた。

「安兵衛《やすべえ》か。やはり、あ奴《やつ》は斬らねばならぬか」

大石はたれを下ろしてからつぶやいた。

浅野家旧臣はいったん御家再興の方針でまとまったが、その後、江戸の堀部安兵衛や奥田孫太夫《おくだまごだゆう》らは、吉良義央を討つべきだと声高に主張するようになっていた。

安兵衛は大石に対して江戸に下向するよう求めて何度も書状を送ってきた。

その内容は、

「亡君が命をかけた相手を見逃しては武士道が立たない、たとえ大学様に百万石が下されても武門としての面目は立たない」

というものだった。

大石は、安兵衛からの書状が届くたびに、

――愚かな
と吐き捨てるように言って書状を読み捨てた。大石は浅野内匠頭長矩の弟である大学による浅野家再興を目指して動いてきた。

浅野家の祈禱《きとう》所、遠林寺《おんりんじ》の僧侶祐海《ゆうかい》を伝手《つて》にして、綱吉《つなよし》の生母桂昌院《けいしょういん》に影響力があった神田護持院《かんだごじいん》の隆光大僧正《りゅうこうだいそうじょう》に誼《よしみ》を通じた。

隆光は将軍綱吉に生類憐みの令を勧めた僧として世間の評判が悪かったが、そんなことには、かまっていられなかった。

大石は隆光に金品を送り、大奥に働きかけた。さらに、祐海に、

――柳沢《やなぎさわ》様への御手筋はこれあるまじく候や。柳沢様ご家老平岡宇右衛門《ひらおかうえもん》、これへとくと手寄り申し含め候はば、柳沢様お耳へも達し候やうに成るべく候
と手紙を送り、綱吉の寵臣《ちょうしん》、柳沢吉保《よしやす》を動かすことはできないかと模索していた。

だが、はかばかしい成果があがらず、さすがの大石も焦慮《しょうりょ》した。

それだけに、急激に仇討《あだうち》を目指すようになった江戸の安兵衛たちが頭痛の種だった。しかも、放っておけば江戸の者たちだけで突出して吉良を討とうとするかもしれない。

やむなく大石は、安兵衛らを鎮撫《ちんぶ》すべく、昨年九月中旬に原惣右衛門《はらそうえもん》と潮田又之丞《うしおだまたのじょう》、中村勘助《なかむらかんすけ》の三人を江戸に派遣した。

原は浅野家で三百石、足軽頭《あしがる》の上士だった。潮田は絵図奉行、中村は祐筆役《ゆうひつ》といず

れも旧藩で身分があった者たちだった。さらに進藤源四郎と大高源五《おおたかげんご》も江戸に向かわせた。

しかし江戸入りした五人は安兵衛に説得されると、たちまち仇討に同意して江戸急進派に加わった。安兵衛たちは、

「もし、大石殿が動かないようであれば、原惣右衛門を旗頭にして吉良を討とう」

と申し合わせるまでにいたった。

このとき、赤穂の旧臣は二派に分かれたのだ。事態を憂慮した大石は昨年十一月、自ら江戸に下り、安兵衛らと元浅野家出入りの日傭《ひよう》頭、前川忠太夫《まえかわちゅうだゆう》の三田《みた》の屋敷で会談した。大石は、

――浅野大学様の安否を聞き届けない内はどのような考えも大学長広様の為にならない。し損じればかえって害となる

と安兵衛を抑えた。

あくまで御家再興を優先する大石と一刻も早い仇討を主張する安兵衛は折り合わなかったが、大石は長矩の一周忌となる翌年三月十四日を待っての決行を安兵衛に約束

して京都へ戻った。

大石がはぐらかしたとも言えるし、安兵衛が仇討の約束をとりつけたとも見ることができる会談だった。

このとき、大石の胸には一周忌までには浅野大学の閉門が解け、浅野家再興の話も進むのではないかという期待があった。

だが、事態は好転せず、御家再興をめざす大石は手詰まりとなった。一周忌が過ぎても動きを見せない大石に安兵衛は憤《いきどお》りを募らせ、今月になって上洛していた。

しかし、京に入った安兵衛は大石のもとに姿を見せず、上方の浅野家旧臣たちを訪ね歩いていた。もはや、大石を見限り、ひとりでも多く、仇討に加わる者を増やそうとしているようだ。

そんなことを大石が考えていると、ようやく気を取り直した駕籠かきが、

「旦那はん、急いで山科へ参ります」

と大石に声をかけて駕籠をかつぎなおした。

「急がぬでもよい。ゆっくりと参れ」

大石はのんびりと言いつつ、胸の中では安兵衛をどうやって斬るかと算段をめぐらしていた。

（高田馬場《たかだのばば》で十八人斬ったという安兵衛が相手だ。容易ではないな）

大石は考えつつあくびをして、いつの間にか目を閉じて寝込んでいた。本来、大胆不敵な性格なのだ。

その様は眠り猫のようである。

二

翌日朝、大石は京の小野寺十内《おのでらじゅうない》に、相談いたしたきことあり、と使いを出した。

十内はその日、夕刻には山科の大石宅にやってきた。

「早《はや》や、来ていただきありがたい」

十内は穏やかな笑みを浮かべる。この年、六十歳。

大石は年上でもあり、永年、京都留守居《るすい》役を務め、赤穂随一の歌人とも言われる十内に敬意を表して頭を下げた。

「何の――」

十内は言いながら家にあがり、居間で大石の前に座った。間もなく大石の妾《めかけ》である可留《かる》が茶を持ってきた。

可留は色白で目がすずしく、ととのった顔立ちだ。十九歳である。生家は京都二条寺町《にじようてらまち》で出版業とも古道具屋をしていたとも伝えられる。又、京都島《しま》原中之町《ばらなかのちよう》の娼家の女だったともいう。

それにしても四十四歳になる大石とは不釣り合いであり、しかも大石はおよそふた月前の四月に長男主税良金《ちからよしかね》をのこして妻のりくを離別している。

大石が何のために妻を去らせたのか旧赤穂藩士の間でも話題になった。

ある者は来るべき仇討で妻子に累《るい》が及ばないようにするためだろう、と推察し、別な者は撞木町での遊びが激しくなり、妻に愛想をつかされたに違いない、などと言った。

いずれにしても妻を離縁後、若い女を家に入れた大石の評判は芳《かんば》しいものではなかった。

ちらりと可留の顔を見てから十内は茶を喫した。

十内は京、堀河《ほりかわ》の堀川塾で古義《こぎ》学を伊藤仁斎《いとうじんさい》に学んでいる。学識においても赤穂藩で抜きん出ていた。

後に赤穂浪士のひとりとして討ち入りを果たした後、仁斎の長男で私塾を継いだ伊藤東涯《とうがい》は、十内のことを手紙で、

——かねて好人とは存じ候へども、か様ほどの義者に御座候とは思ひかけず候

と書いている。

仁斎の塾で十内はその人柄を認められていたのだ。また、愛妻家としても家中に知られていた。

武具奉行百五十石の灰方佐五右衛門《はいかたさごえもん》の娘である妻の丹《たん》は、十内同様に和歌を嗜《たしな》んだ。十内は討ち入り後、丹に手紙で、

——我等御仕置にあふて死ぬるなれば、かねて申しふくめ候ごとくに、そもじ安穏にても有るまじきか。さ候はば予《かね》ての覚悟の事驚き給ふ事も有るまじく、取り乱し給ふまじきと心易く覚え申し候

と書いた。

吉良義央を討ったからには、息子の幸右衛門《こうえもん》とともに幕府の仕置きによって死を与えられることはかねて覚悟している。

そのことはかねて言い含めていたから驚くようなことはなく、取り乱すこともないだろう、と安心している、という内容の手紙には、丹をいつくしむ心と信頼があふれていた。手紙には、

まよはじな子と共に行く後の世は
心のやみもはるの夜の月

との和歌が添えられていた。

十内の切腹後、丹は夫の名を彫った墓石を東山仁王門《におうもん》通り西方寺《さいほうじ》に建て、四十九日の仏事の後、京都猪熊五条下《いのくまごじょうさが》ル日蓮宗本圀寺《ほんこくじ》の塔中《たっちゅう》、了覚院《りょうかくいん》で絶食して自らの命を絶った。

たがいをいとおしみ、命をともにする覚悟のある夫婦だった。

十内は大石の顔を見ながら、

「さて、ご用事は堀部がことでございますか」

と言った。大石はにこりとした。

「さすがに察しがよいな」

「堀部は上洛いたしたようでございますが、まだ姿を見せませぬか」

十内はうかがうように大石を見た。

「おそらく上方で同志を募っているのだ。集められるだけの者を集めたならば、わたしに直談判して仇討に立たせようというのだろう」

「そのときはいかがなさいますか」

「山鹿《やまが》流兵学により処分いたす」

大石は平然と言った。

赤穂藩には山鹿素行《そこう》の軍学が伝わっている。素行は奥州会津《おうしゅうあいづ》生まれで、七歳の時、父に従って江戸に出た。儒学を林羅山《はやしらざん》に、兵学を軍学者の小幡景憲《おばたかげのり》と北条氏長《ほうじょううじなが》に学んだ。二十一歳の時に兵学者として独立し、

――山鹿流兵学
を創始した。諸大名に招かれ、多くの門人を抱えた。すでに大坂の陣も終わり、太平の世となっていたが、武士に儒教道徳を求め、武士のあるべき姿として、

――士道
を提唱したのが特色だった。しかも素行はこの時期の官学であった朱子学《しゅしがく》が現実から遊離しているとして士道を提唱したのだ。

素行は朱子学を批判した『聖教要録』を刊行したことから幕府の忌諱《きき》にふれて、寛《かん》文《ぶん》六年（一六六六）四十五歳の時に赤穂に流罪《るざい》となった。

赤穂に流され、十年を過ごした後、ようやく江戸に戻った。

この間、浅野家中で素行の教えを受ける者は多かった。大石も八歳から十七歳まで素行の教えを受けたのである。

「堀部の動きは抜け駆けだと思われるのでございますな」

「そうだ。山鹿流では、ぬけがけは勇士の本意にあらず、ぬけがけの者ひとりある時はその備え全からず、軍法正しからざるものなり、とある。ゆえに腹を切らせねばならぬところだが、堀部は応じまいから斬るしかない」

「さて――」

十内は眉を曇らせた。

「あの男はもともと浅野家中ではない。しかたがないことかもしれんが、武士たる者の道は御家安泰につくすことにある。わが大石家は浅野家が常陸笠間《ひたちかさま》の城主であられた頃から仕えて足軽頭を務め、その後、代々浅野家筆頭家老の家柄となった。父が若くして亡くなったゆえ、わたしは十九歳で家督を継ぎ、二十一歳で浅野家筆頭家老となった。堀部とは背負っているものが違う」

大石はきっぱりと言った。

安兵衛は、越後《えちご》国新発田《しばた》藩溝口《みぞぐち》家家臣の中山《なかやま》弥次右衛門《やじえもん》の長男として新発田城下外《と》ケ輪《がわ》で生まれた。

母は安兵衛が幼いときに病で亡くなり、その後は父に男手ひとつで育てられた。だが、安兵衛が十四歳のとき、城の櫓《やぐら》から失火した責任をとって弥次右衛門は主家を追われて浪人となった。

間もなく弥次右衛門は病死、安兵衛は元禄元年（一六八八）、十九歳で江戸に出た。小石川牛天神下《こいしかわうしてんじんした》にある堀内源太左衛門正春《ほりうちげんたざえもんまさはる》の道場に入門した。剣の才を顕して堀内道場の四天王のひとりと呼ばれるようになった。

そんな中、元禄七年二月、同門で叔父甥の義理を結んでいた伊予《いよ》国西条《さいじょう》藩松平《まつだいら》家家臣菅野六郎左衛門《すがのろくろうざえもん》が、高田馬場で果し合いをした際、助太刀を買って出て、相手方三人を斬った。

この決闘での活躍で武名が高まった安兵衛を赤穂浅野家家臣、堀部金丸《あきざね》が婿《むこ》養子に望んだ。安兵衛は中山家の嫡子《ちゃくし》であることを理由にいったん断った。

だが、金丸は諦めず、それでもかまわないからと言い張り、安兵衛は根負けして婿入りした。さらに金丸が隠居すると堀部家の家督を継いだのである。

このため安兵衛は浅野家では新参者の扱いを受けていた。それだけに安兵衛は自らの武名をあげようとしているのではないかと大石は思っていた。

「堀部は今少し思慮のある男かと存じますが」

十内が遠慮がちに言うと、大石は首をかしげた。

「わたしもさように思っていたが、昨夜、撞木町から帰るわたしが乗った駕籠に、堀部と名のる男が刀を突き入れてきおった」

ほう、と十内は目を丸くした。

「それでお怪我はありませんでしたか」

「なかった。だが、襲った者はわたしに、行いを改めよと言いおった」

「まさか、堀部ではないと存じます」

十内は頭を横に振った。

「堀部と名のったのはたしかなことだ。駕籠の外ゆえ、はっきりとはわからぬが、堀部と関わりがなければそうは名のるまい」

大石があっさり言うと、十内はうなずくしかなかった。

「堀部をどのようになさいますか」

「斬ろうと思うのだ」

大石の目が光った。十内はため息をつく。

「お考えなおし願えませぬか」

「いや、ならぬ。堀部達の軽挙妄動で御家再興がならなければどうなる。家臣として

これ以上の不忠はないぞ」

はっきりと言われてしまえば、十内も反対はしかねた。

「しかし、斬るといってもいかようにするのでございますか。堀部ほどの手練《てだ》れを斬

れるものはそうはおりませんぞ」

「何もわたしひとりで斬ろうとは言っておらぬ。不破数右衛門《ふわかずえもん》がおる。さらにわたし

の息子の主税がおる。隙をついて三人でかかればいかに堀部でも討てぬことはあるま

い」

不破数右衛門は浅野家では百石取りの馬廻役《うままわり》、浜辺奉行だったが、性格が豪放に過

ぎ、ささいなことで家僕《かぼく》を斬って咎《とが》めを受けて浪人した。

浅野家が断絶、旧藩士の間で義盟が結ばれたことを知った数右衛門は参加を望ん

だ。

大石が昨年、江戸に下向した際に吉田忠左衛門《よしだちゅうざえもん》の仲介で面会して願った。

大石はためらったが長矩の墓前で参加を願う数右衛門に根負けして加盟を許した。

その数右衛門が江戸から上方へ出てきている。数右衛門ならば、安兵衛の剣名を恐れず大石の命に従うだろう。

数右衛門は後の討ち入りの際、吉良邸内で奮戦し、小手や着物は切り裂かれ、刃もこぼれてササラのようになったと伝えられる剛強だった。

「なるほど、さようでございますな」

十内は逆らわずに同意して、ふと思いついたように訊《き》いた。

「ところで大石様は吉良を討つことにはこの先も賛同されぬのでございますか」

大石はゆっくりと頭を振った。

「いや、わたしも本音を申せば、吉良を討ちたいと思っている。それが武士としての道だ」

「さようでございますか」

十内は、はっとした。

「だが御家再興を図るのが、家臣としての道だ。家臣としての道を歩むのが、いまわれらがなさねばならぬことだ。その道が断たれたならば武士として歩むことになろう」

と言った。

――士ハソノ至レル天下ノ大事ヲウケテ、其大任ヲ自由ニイタス心アラザレバ、度量寛《ひろ》カラズシテセバセバシキニナリヌベシ

と『山鹿語類』にある。大石は、吉良を討つのは喧嘩両成敗という天下の法がないがしろにされたことを正す士道なのだ、と言った。

「そのため、堀部を斬られまするか」

「いたずらな血気の勇は士道にかなわぬとわたしは思っている」

「さようでございますか。ならば、もはやお止めしても無駄でございますかな」

十内は淡々と言った。

「ところで小野寺殿は伊藤仁斎先生の薫陶《くんとう》を受けてひさしい。もし伊藤先生ならばかようなおりはどう考えられたであろうか」

大石はふと、思いついたように言った。

「さて、それはわたしなどには答えられぬことでございますが、伊藤先生はおよそ、物を考えるにあたって、高遠な説によるよりも、身近なる物に学ぶべきことがあるとおっしゃいます。すなわち物事を考えるにあたって、大事なのはやわらかなる心では

ないかと存じます」

十内は微笑して言った。

「やわらかなる心か――」

大石はつぶやいた後、不意ににこりと笑った。

三

二日後――

大石のもとに一通の書状を飛脚が届けた。十内からの手紙で小さな包みが添えてあった。

大石は十内の書状を読んで何度かうなずき、包みも開けてみた。そこには薬袋が入っていた。

大石は興味深げに紙包みを手に取って眺めた。

そして、可留を呼んで、

「今日は撞木町に行く。帰りは遅くなるから休んでいなさい」

とやさしく言った。可留が悲しそうな顔をすると、

「心配することはない。遊びではない。大事な話をしにいくのだからな」

大石の腕の中で可留は吐息《といき》をついた。

「まことでございますか」

「ああ、まことだとも。もっともいつまでもこうしていられるかどうかはわからぬがな」

大石はつぶやくように言ってから、地唄を口遊《くちずさ》んだ。

あだし此身《このみ》を煙となさば
せめてくるのは里近く
廓のや、廓のせめて
せめて廓のさと近く
何を思ひにこがれて燃ゆる
こがれてもゆる
野辺の狐火《きつねび》さよ更けて
思ひにこがれてもゆる
野火の狐火小夜《さよ》更けて

〈狐火〉という大石が歌詞をつくった唄だ。哀調を帯びた唄声を聞いて、可留はとりすがった。

「どこか遠いところに行かれるのでございますか」

可留は心配げに言った。

「ひとはいつか遠いところに行くことになる。それはしかたのないことだ」

大石はそうつぶやきながら可留の懐《ふところ》をくつろげると、そっと手を差し入れた。

可留があえかな声をあげる。


この日の夜、大石が笹屋に赴くと、すでに安兵衛が来ていた。部屋に入ろうとすると、隣室から甚九郎が、

「池田様ではございませんか」

と声をかけた。甚九郎は夢橋や清右衛門とともに飲んでいるようだ。

大石は笑顔でうなずく。

「後でご一緒いたしましょう」

甚九郎は声を高くして呼びかけてきた。

大石が答えないまま、部屋に入ると、甚九郎が唄う地唄が聞こえてきた。

浮草は思案のほかの誘ふ水
恋が浮世か浮世が恋か
ちよつと聞きたい松の風
問へど答へず山ほととぎす
月やはものやるせなき
癪《しやく》にうれしき男の力
じつと手に手をなんにも言はず
二人して吊る蚊帳《かや》の紐

安兵衛は大刀を店に預けず、傍《かたわ》らに置いている。遊びに来たのではなく、場合によっては大石を斬るという覚悟を示したのだろう。

大石は座敷に入るなり、安兵衛の刀に気づいたが、何も言わない。

床の間を背に座るなり、

「わたしと酒を飲む気にもなるまいゆえ、馴染みの遊女に茶を点《た》てさせよう」

と大石は言った。その言葉を受けて夕霧が入ってくる。座敷にはあらかじめ茶の支度がしてあった。

夕霧は茶釜の前に座り、作法通りに茶を点て始めた。茶を点てるのはこのような店の遊女の心得である。

安兵衛は精悍《せいかん》な顔の口を一文字に引き結んで何も言わない。

しかし、表情は穏やかである。やがて夕霧は茶を点て、安兵衛の前に黒楽《くろらく》茶碗、大石の前に赤楽茶碗を置いた。

「御免──」

ひと声発して安兵衛が黒楽茶碗を取ろうとした。

「待て」

大石が声をかけた。

安兵衛は手の動きをぴたりと止めて、大石に目を向けた。

「そなたが、今日、わたしに会いに参ったのは小野寺殿に言われてのことであろう」

「さようでございます」

安兵衛は膝に手を置いて答える。

「どのようなことを言われたのだ」

「大石様のお心がけについてでございます」

「わたしの心がけとは」

大石は興味深げに安兵衛を見た。安兵衛は静かに口を開いて、

——士ハソノ至レル天下ノ大事ヲウケテ、其大任ヲ自由ニイタス心アラザレバ、度量寛カラズ

と詠《えい》じるように言った。

「なるほど、その意がわかったのか」

「主君の仇《かたき》を討とうとするは、私事、まことの武士たる者は天下の大事のためにこそ刀を抜くべきであるということかと存じます」

大石はじっと安兵衛を見つめた。

「それで、得心してくれたのか」

安兵衛はうなずく。

「わたしはかねてから、おのれのことで不審なことがございました」

「どういうことだ」

「わたしは義理の叔父として結縁《けちえん》した菅野六郎左衛門殿の果し合いの助太刀をいたし、三人を斬りました。喧嘩沙汰《ざた》の因縁によって刀を抜いただけのことでございました。しかし、仇討を果たした、十八人を斬ったなどともてはやされ、堀部家に婿入りするという幸いも得ました。しかし、そのもてはやされようは、浮薄なものだと思っても参りました」

「そうであろうな」

「それゆえ、浅野家に大事が起きたとき、もっとも武士らしく生きたいと思い、気が逸《はや》りました。情けないことですが、高田馬場でのような浮薄な評判でなく、武士らしき評判を得たいと思ったのです」

大石はうなずいた。

「なるほど、それでいまはどう思うのだ」

「武士は大義のために刀を抜くべきだ、と悟りました。それゆえ、大石様が待てと言われるならば百年でも待ちましょう」

安兵衛がきっぱり言うと、大石は大きく吐息をついた。

「そうか、わかってくれたのであれば、それでもうよい。その茶は飲むに及ばぬ」

「この茶をいただけませんのですか」

安兵衛は首をかしげた。

「茶が欲しければわたしの茶を飲め」

大石は黒楽茶碗を手元に引き寄せるとともに、赤楽茶碗を安兵衛の膝前に押しやった。

「これはいかなることでございましょう」

安兵衛は興味ありげに大石が手元に引き取った黒楽茶碗を見つめた。

「わたしはお主を斬るつもりでいた。そのことを知った小野寺殿はそなたを今日、笹屋に行かせることとともに、お主を斬ろうとするのは危ういから毒を盛って殺《あや》めたほうがよい、と手紙に認《したた》め、石見《いわみ》銀山の鼠《ねずみ》殺しだという毒薬を添えて送ってきた」

「さようでしたか」

安兵衛の目の奥が笑った。

「だが、お主がわかってくれたとあってはもはや毒を飼わずともよかろう」

そう言って大石は黒楽茶碗に目を落とすと、言葉を続けた。

「とは言うものの、小野寺殿はまことに毒を送ってきたのかどうか」

「さて、それはまことなのではありませんか」

安兵衛は大石が何をしようとしているのかを察してあわてて言った。だが、大石はなおも黒楽茶碗を見つめる。

「わたしは小野寺殿に伊藤仁斎先生の教えはどのようなものなのかと訊いた。すると小野寺殿は、やわらかなる心ではないかと思うと言われたのだ」

ほう、と安兵衛は声をもらした。

「小野寺殿のやわらかなる心を知ってみたい。お主はその赤楽茶碗の茶をわたしと同時に飲まれよ」

安兵衛は一瞬ためらったが、大きく頭を縦に振った。大石は静かに茶を喫し、安兵衛もまた飲み干した。

何の異変も起きなかった。大石が、

「甘い。これは砂糖だな」

と言うと、どちらからともなく笑い声が起きた。


この夜、大石は安兵衛と盃を交わした後、駕籠を呼び、安兵衛に見送られて山科への帰途についた。

いつもの駕籠かきが慣れた様子で街道を進んでいくと、途中で足が止まった。

大石は刀を抱えて目を閉じたまま駕籠の中にいる。すると、すっと刀が駕籠のたれを刺し貫いた。

「行いを改めよと言ったはずだ。今宵《こよい》はこのままは帰さぬぞ」

大石は反対側のたれをはねあげて地面に転がり出た。

素早く立ち上がると駕籠のまわりにはひとりの男だけではなかった。
七、八人の浪人らしい男たちが立って駕籠を取り巻いている。
大石はまわりを見まわしながら、

「伏見奉行、建部《たけべ》内匠頭政宇《まさのき》殿の手の者か。建部殿は吉良家の縁戚であり、かねてからわたしを見張っていることは気づいていたぞ」

大石はそう言うと、駕籠のたれに刀を突き刺した笠をかぶった浪人にゆっくりと顔を向けた。

「そうであろう。戸張甚九郎殿――」

呼びかけられて男は笠をとった。坊主頭の甚九郎だった。

「初めから気づいておられたのかな」

「先日、襲われたとき、酒の匂いとともに、薬湯の臭いもした。笹屋にいたときの戸張殿の臭いと同じだった」

大石は笑って言った。

「なるほど、そういうことか。仲間割れをさせようと小細工をしたのだが、役には立たなかったな」

甚九郎が自らを嘲《あざけ》るように言うと、大石は頭を横に振った。

「いや、そのおかげで同志と腹蔵なく話すことができた。こちらから礼を言いたいほどだな」

「礼などいらん、貴様にはここで死んでもらうのだからな」

甚九郎が言い放つとともに、まわりの浪人たちがいっせいに刀を抜いた。

大石が静かに刀を抜いて構えると、一人が斬りかかってきた。大石は身を沈めて相手の脇腹を裂いた。

浪人がうめいて倒れた。その時、浪人たちの後ろから黒い影が駆け寄ってきた。背中を斬られて浪人が地面に転がった。

その浪人を見下ろした若者が、

「大石主税である。父上への乱暴は許さぬ」

と若々しい声で言い放った。

浪人たちがざわめき、主税に向かおうとしたとき、またまわりの浪人がひとり斬られて倒れた。

大柄な男が刀をぶら下げて、

「赤穂浪人、不破数右衛門じゃ。われらの邪魔はさせぬぞ」

とわめいた。浪人たちが動揺したとき、さらに後ろから黒い影が斬りかかってきた。これを迎え撃って浪人たちが斬りかかろうとすると一瞬でふたりが斬り倒された。

「堀部安兵衛、参る——」

安兵衛の凛《りん》とした声が闇に響き渡った。

堀部安兵衛の名に浪人たちが狼狽《ろうばい》して浮足立ち、逃げ始めた。その時、甚九郎は駕籠のまわりをまわって大石に斬りつけてきた。

大石は数合、斬り結ぶと踏み込んで甚九郎を袈裟懸《けさが》けに斬った。甚九郎はうめいて地面に転がった。

「お見事——」

声をかけて闇の中から出てきたのは、

——小野寺十内
だった。大石は刀の血を懐紙《かいし》でぬぐって鞘《さや》に納めた。

「やはり小野寺殿の手配りか」

大石が言うと十内は軽く頭を下げた。

「ですぎたことをいたしました」

「いや、おかげで助かった」

大石が言うと十内は笑った。

「何を仰《おお》せになります。わたしがかようにいたすことを大石様はとっくに見通されていたはずでございます」

「さて、それはどうであろう」

大石は夜空の月を見上げた。十内はしみじみとした口調で、

「大石様はいかなるときでも平常の心を失われない。まことに大将の器量でございまするな」

「そんなことはあるまい。わたしは酒に溺《おぼ》れ、女子に淫《いん》するような、どこにでもいる凡愚《ぼんぐ》に過ぎぬ」

十内は頭を振った。

「『近思録』に、感慨して身を殺すは易く、従容《しょうよう》として義に就くは難し、とあります。血気に逸って命がけで戦うことは誰にもできますが、従容として義のために身を捨てることは誰でもできることではありません。大石様は従容として義に就く、おひ

とでございます」

十内の言葉を大石は笑って聞き流した。

浪人たちを追い散らした安兵衛と数右衛門、主税が戻ってきた。

大石は十内を含めた四人を見まわした。四人とも殺気を身にまとい月に青白く照らされている。

「どうやら、われらは、皆、主君の仇を討ち、天下大道を正す鬼となったようだ。わたしたちが進むべき道はこれから開けよう」

と言うと四人は、

――おう

と答えた。大石がふたたび駕籠に乗り、逃げていた駕籠かきが戻ってきてかついだ。大石の駕籠にしたがっていく四人の影が月光に照らされて道にのびた。あたかも、

――鬼の影

のようだった。

幕府は七月に浅野大学を広島《ひろしま》浅野家預けとすることを明らかにした。これにより、

赤穂浅野家の再興の望みは断たれた。

七月二十八日、大石らは京の円山《まるやま》で会議を開き、吉良義央を討つこと、十一月初めまでに江戸に参集することを決議した。

十一月五日、大石は垣見五郎兵衛《かきみごろべえ》と名のって江戸に入った。山科を出るまえ、大石は身籠《みごも》った可留に金銀を与えて二条の実家に戻した。

さらに可留の体を心配して浅野家の藩医だった寺井玄渓《てらいげんけい》に診てもらう手配りをしていた。

大石は江戸では石町《こくちょう》三丁目の小山屋弥兵衛店《こやまややへえだな》に身を寄せた。

十二月十五日未明、吉良邸に討ち入り、吉良義央の首級をあげた。

大石たちは高輪《たかなわ》の泉岳寺《せんがくじ》の浅野長矩の墓前に参って義央を討ち取ったことを主君に報じた。

その後、大石は幕命によって熊本細川綱利《くまもとほそかわつなとし》の高輪台の下屋敷に預けられ、翌十六年二月四日に切腹して果てた。遺骸《いがい》は泉岳寺に葬られた。享年四十五。

辞世の句は、

あら楽し思ひは晴るる身は捨つる

浮世の月にかかる雲なし

である。大石の妻のりくは、その後、息大三郎《だいさぶろう》とともに広島浅野家に迎えられ、平穏に暮らした。

妻の一分

朝井まかて

塩を焚《た》く煙が釜屋から細々と、天に向かって立ち昇っている。

このさまを目《ま》の当たりにすると、奥方がよく仰《おお》せであったように、赤穂《あこう》はまこと塩の国でござんす。

お城はご覧の通り、二之丸の南半分と三之丸の西側が瀬戸内の海に面してるってえ海城《うみじろ》だ。耳を澄ましてみなせえ、ほら、石積みの垣に波が打ち寄せては砕ける音が聞こえてきやしょう。

赤穂は天守台に上らずとも、ご城下のどこを往来していたって海が見える。晴れた日には海の端っこと空が溶け合って、目の中まで青いほどでね。何ですか、もう少し大きな声で願いやす。ちと耳が遠くなってるもんで。え、あの響きは何だって。ああ、あれは引浜《ひきはま》で働く浜男《はまおとこ》、浜子《はまこ》らの唄声で。塩田でね、万鍬《まんが》を引き引き唄うんですよ。

塩田奉公はいずこも辛《つら》いものと決まってやすが、赤穂のそれはどことなしに晴れやかでござんしょう。いえ、ちっと前までは皆、黙々と俯《うつむ》いて、唄声も絶えて響くことがなかったと、それは城下の誰もが口を揃えて言うことでさ。無理もありやせん。ここには塩の買いつけ商人が諸国から訪れやすから、さぞ厭《いや》な雑言《ぞうごん》を撒《ま》き散らしていったんでしょう。

赤穂の武士は主君の仇《あだ》も討たぬ腰抜けよ、いっそ城を枕に切腹して果てておれば良かったに、などとね。

ところがご本懐を遂げられた途端、日本《ひのもと》じゅうが「忠義、あっぱれ」と褒《ほ》めそやし、やんやの喝采だ。方々の物好きがこの地に立ち寄って、赤穂土産《みやげ》に何か話を聞かせろってんですから、やはり戦《いくさ》ってのは勝たなきゃ駄目ですねえ。あれは戦でしょう。違うの。そうかなあ。ま、いいや。

ともかくそうやって皆が義士の爪の垢《あか》を集めたがるもんで、こんな茶屋も大繁盛だ。そうか、お客さんもその口ですか。それはご無礼を。それにしてもお客さん、商用で訪れなすった商人じゃねえでしょ。ね、そうでしょう。かといって、お武家様が身を窶《やつ》しておられるふうでもねえな。

よくよく考えたら、義士の皆さんは江戸の市中によくも潜り込めたもんだと、つくづく感じ入ってるんでさ。いかに町人に化けたって身ごなしなんぞは急に演じられるもんでなし、言葉遣いだって違うんだもの。それよりも目つきかな。眼光ってのは、己で自在に操れねえでしょ、鍛錬が要りやす。

ね、やっぱり戦ですよ、あれは。

まあ、せっかくだから床几《しょうぎ》にお掛けなすって、そうそう、ゆったりとくつろいで。お茶だけってのも愛想がねえから、饅頭《まんじゅう》をお頼みになったらようござんす。いや、二十がとこ喰ったたって胃にもたれたりしやせんよ。ここの饅頭の餡《あん》には、真塩《ましお》を奢《おご》ってやすからね。

先刻ご承知でしょうが、この赤穂には今、お客さんが目の前にしておられる西浜《にしはま》、それからお城の向こうの熊見川《くまみがわ》を越えた海沿いにも東浜《ひがしはま》ってのがあるんでさ。そう、入浜塩田が二つある。

赤穂では、この二つの浜で作る塩の質を分けておりやしてね。真塩は目の前の、この西浜の受け持ちだ。味にうるさい上方《かみがた》に合わせたのが真塩だから白くて小粒、それは上品なしょっぱさだ。なにせ鉄釜を用いて燃料は松葉、できた苦汁《にがり》もきれいに除いてありやす。手間暇が掛かってるんですよ、うまいものは。

一方、東浜の受け持ちは苦汁の多い粗塩《あらじお》でさ。石釜の尻を薪でがんがらと焚きつけて作るから、しょっぱさも粗削り。もっぱら江戸や東国、北国向けの塩荷船に積まれるようでやすな。いや、江戸者が味のわからねえ頓珍漢だから、上方よりも味の落ちる品を売りつけてるわけじゃねえですよ。こう見えても、あたしは江戸の産でね。そうでしょ、喋《しゃべ》り方の歯切れがこの辺りの者と違うでしょ。だから無闇に江戸を下げてるんじゃなくて、そのまんまをお話ししてるんです。

お客さんは上方のお方みてえだから、なに、大坂。じゃあ、話が早い。上方は饂飩《うどん》の出汁《だし》や雑炊にも塩をひとつまみ入れて味を拵《こしら》えるでしょう。江戸はそんな七面倒《しちめんどう》なことはしねえ。味つけはともかく醤油をざぶん、この一点張りだ。塩はまず腐り止め、あとは醤油の醸造元が樽で使う。漬物屋に干物屋、それに豆腐屋もね。てなわけで、苦汁の多い粗塩で充分なんでさ。

それでも大江戸は人がわんさか集まってる町ですから、赤穂の塩商いからしたら大得意先といえやす。

とにもかくにも赤穂藩は、といっても今のお家じゃなく、あの御大変《ごたいへん》でお取り潰しになった浅野《あさの》家でやす。表高《おもてだか》は五万三千五百石でしたが、塩のおかげで運上が二万八千石もあった。そのじつ、七、八万石の藩に相当するご内証だったたんです。

世は泰平、国許《くにもと》は一年じゅう温暖で、懐《ふところ》もぬくぬく、こんな結構な藩は滅多《めった》とあるものじゃねえ。なのに、殿様は狂気の沙汰《さた》に及びなすった。殿中《でんちゅう》は松之大廊下《まつのおおろうか》で、しかも大公儀《おおこうぎ》にとっては帝《みかど》の勅使《ちょくし》をおもてなしする格別の、御大切《おたいせつ》の日に。

そら、饅頭がきました。どうぞ、お上がんなって。

どうです、うまいでしょう。ああ、この涎《よだれ》にはお構いなく。悲しいかな、口の端から勝手に流れちまうんですよ。さいですか、では遠慮なくお相伴《しょうばん》に与《あずか》りやす。ん、これはまた格別、上々の出来だね。あたしの名ですか。お客さん、目のつけどころがいいね。いきなり勘所《かんどころ》を突いてきなすった。

あたしは唐之介《からのすけ》といいやす。え、内蔵助《くらのすけ》ですって。滅相もない、からのすけ、ですよ。

いやね、あたしの名は誰あろう、当の旦那様がつけてくだすったものでね。

忘れもしません、元禄《げんろく》十四年四月十五日のことでした。その日、赤穂藩の上席家老、大石内蔵助良雄《おおいしくらのすけよしたか》様ご一家は三之丸の家老屋敷を引き払い、尾崎《おさき》に。ちと、左手をご覧になって。川向こうの、東浜の北側にある土地、あの辺りが尾崎でさ。そこの仮住まいにお移りになるってえ、朝でした。

ご一家は六人、ちょうど庭に出て名残りを惜しんでおられるような様子でしたね。

でも、悲愴な気配はありやせんでしたよ。いや、あたしの鼻は間違いない、そういう匂いがしなかったんだ。

長男の松之丞《まつのじよう》様は御年十四、長女のくう様は十二、次男の吉千代《きちちよ》様は十一、次女のるり様はまだ三つで、兄上の松之丞様が抱っこをしておられやした。その頃から松之丞様は大柄で、父上よりもすでに頭一つ背丈がおありでしたな。

でもってあたしが驚かされたのが、奥方のりく様だ。

松之丞様と肩のあたりが同じほど、はい、ありていに申して、でっけえお方なんです。肥《ふと》ってるんじゃねえんですよ。中肉。けど滅多矢鱈《めったやたら》と背丈があるといおうか、いかにも骨が太そうなお躰《からだ》つきでね。ご愛敬なのは目がくりっと大きいのと、肌の白さかな。だからあたしは後々、大根が小袖を着けて歩いてなさるような想像に陥ったものですよ。

畏《おそ》れ多いついでに申しますと、奥方の一歩前にお立ちになっている旦那様、こちらは呆れるほどの小兵《こひよう》なんだ。だから余計に、奥方のでかさが目立っちまうんでしょうな。

山科《やましな》に隠棲《いんせい》なさってた時、村の百姓らにも口さがない連中がおりやしてね。陰でご夫妻のことを「まるで、大根と梅干やがな」なんてね。むろんご一家は「池田《いけだ》」という変名を使っておいででしたから、連中はまさか旦那様が赤穂義士のご頭目だとは知る由《よし》もありやせんでしたが。

だからあたしもりく様と旦那様のお二人を交代《かわり》ばんこに見上げて、でっけえ、ちっせえ、なんて呆気に取られておりやした。

話を少し前に戻しやしょう。あたしはともかく腹を空《す》かせておりやした。ご城下は蜂の巣を突《つつ》いたようなありさまで、旅籠《はたご》の板場の裏に潜り込んで目刺《めざし》の頭なりとも掠《かす》め取ろうと目論《もくろ》んでも、その隙がない。

無理もねえことでした。三月十九日、江戸からの使者によって「殿様が刃傷《にんじょう》事件を起こした一件」、そして「当の殿様は即日切腹、浅野家はお取り潰しが決定」、こんな沙汰がもたらされて以降、お城の内外は大混乱です。

一つの藩が潰れるというのは、ほんに一大事でござんしてね。上方、西国の商人がさっそく札座《さつざ》に押し寄せて、取りつけ騒ぎになったんでさ。赤穂藩は藩札を発行してやしたから、その藩札を持ってる者はすぐさま現銀に換えてもらわねえと、ただの紙切れになっちまう。

あたしはちょうどその札座付近をうろついてまして、いきなり下駄が飛んできた。あっと思ったが人波に揉《も》まれて身動きがつかず、ほれ、ここ、額に一寸半ほどの傷痕《きずあと》がまだ残っておりやしょう。

旦那様は、いえ、これからはさらに無礼を重ねさせていただいて、内蔵助様とお呼び申しやしょう。そう語った方が回りくどくねえし、お客さんもわかりやすうござんしょう。

内蔵助様の対応は素早かったね。江戸藩邸からの急報を受けたその日に藩札を六分《ろくぶ》で払い戻すことに決め、翌日から交換に応じなすった。そう、十匁《もんめ》の藩札に対して六分の現銀の払い戻し。おっしゃるように商人らにとったら大損でやすが、丸損するよりはましでしょう。そこのところは内蔵助様も、きっかりと見抜いてなさる。

ともかく浅野家がお取り潰しになるに際して、武士ではない者らを巻き込むことだけは免れたんです。それは士の道に照らしてのご判断でしょうが、内蔵助様はお家の再興を本気で模索しておられやしたから、先々のことも見据えておいでだったでしょう。なにせ計理に明るいお人だ。商人の「信」を得ぬことには藩が立ち行かぬことくらい、自明の理でさ。

ちと脇道に逸《そ》れやすが、内蔵助様は浅野のご本家である広島藩浅野家、それから三次《みよし》藩浅野家にも借銀を申し込まれていたようですな。万一、払い戻しのための現銀が足りなくなった場合の手立てを先に打っておかれたんです。ですが不首尾、すげなく断られたそうです。

大きな声では言えやせんが、それから後も、ご本家ご一門はじつに冷とうございやした。先方にとったら、無理もねえことなんですがね。時の公方《くぼう》様はご存じの通り、強権で知られたお方です。下手に援助なんぞしたら、いかなる火の粉が我が身に降りかかるやもしれねえ。「おのれ内匠頭《たくみのかみ》め、時節、場所柄も弁《わきま》えず、何たる不調法《ぶちょうほう》をしでかしてくれたのだ」と肚《はら》が煮えて、夜半にも目が覚めるような具合であったでしょう。

だが結句、内蔵助様は藩の蔵の中の銀子で払い戻しをしおおせなすった。それもこれも、赤穂に塩作りがあったおかげでさ。

そんな、上を下への騒ぎの中をあたしは額から血を流して徘徊《はいかい》してたもんで、ええ、町の者は皆、ぎょっと目を剝《む》いて、そして慌てて背を向けました。悪評高きあの御触《おふれ》の数々、そのほとんどは江戸市中に対して発せられたものですが諸国にも知れ渡っておりやしたから、本来なら手負いのあたしの介抱をしなくちゃならねえ。

けれどあたしを見たらば「犬公方《いぬくぼう》」の名が泛《うか》んで業腹《ごうはら》だ。赤穂の言葉で言えば、ご、おが沸く、でさ。だからかかわりを避けたんですな。御触の功といいやしょうか、腹立ちまぎれに撲《ぶ》ち殺されなかっただけでも儲けものだったですがね。

それでも二十日ほどもうろつくとさすがに飢えちまって、三之丸にあった大きな屋敷の裏手から、こっそり入り込んだってわけです。縁の下で夜露を凌《しの》いで、朝、池泉の水を飲もうと思って庭にのこのこと歩いて出たら、そこでご一家六人とばったり出くわしちまった。

内蔵助様はあたしを見るなり「ほう」と面白《おもしろ》げな口ぶりで、眉をお上げになった。

「珍客やな」

るり様を抱っこした松之丞様も口許を緩め、「確かに」と近づいてきて父上の横に並んだ。その途端、くう様と吉千代様も兄上の後ろをぞろぞろと、金魚のうんこみてえについてくる。

内蔵助様はさらに一歩、前に出て、あたしの前に屈まれた。

「よおし、よしよし」

大きな掌《てのひら》でいきなり背中を撫《な》でてくださいやして。内蔵助様は小柄だが手は大きくてね、厚みもありやした。その手で頭も撫でられて、そしたら「このお人は敵じゃない」ってわかりやす。尾を振りやしたよ。ちぎれんばかりにね。

じつは出会い頭のあたしは、ちと身構えていた。我知らず唸《うな》り声を洩らしていたかもしれやせん。しばしばあの声を威嚇《いかく》ととらえる向きがおいでだが、たいていは怖がっているんです。

で、松之丞様もるり様を抱いたまま、片手であたしの頭を撫でてくだすった。

「こんなに尾を振って、懐《なつ》っこうござりまする」

松之丞様は後にその美丈夫ぶりが知られることになりやしたが、あの頃はまだ声変わりをしたばかりでね。るり様までが手を伸ばしたがるから松之丞様はあたしの前に片膝《かたひざ》をついて、るり様が身を乗り出すのをにここと支えておいでした。

るり様は加減を知らぬ撫で方でね、ほとんどあたしの頭を打《ぶ》ってるようなものでしたが、それでも紅葉《もみじ》ほどの小さな手ですから痛くも痒《かゆ》くもありやせん。あの頃から目の大きな、母上似の嬢様でした。

くう様と吉千代様は兄上の袴《はかま》にしがみつくようにして、おっかなびっくりに手を出してこられやしたが、いざ撫でてみるとたちまち目を輝かせて、ほんに無邪気なお子らです。

ただひとり、奥方のりく様だけが背後で立ちすくんでおられやした。息を詰め、腰を引き、しかし胡乱《うろん》な目つきをあたしに飛ばしてくる。

「何、それ」

「何って。犬にござりますよ、母上」

「ええっ、犬なのですか」

「何に見えます」

「犬は、こう、小さくて艶々《つやつや》、ころころ」

「座敷で飼う犬はさようかもしれませぬが」

松之丞様は少し苦笑して、父上と顔を見合わせられやした。

あたしは今はこうも黄ばんじまいやしたが、赤穂の地に入った頃は白獅子のごとき毛並みでね。それに、りく様のことをとやかく言えやせん。あたしの図体も、それはでかかったんです。

まあ、りく様は気軽に外を出歩きなさるご身分じゃありやせん。だからあたしみたいなのを目にされたのは初めてだったんでしょう。それにしても、少し見当が外れておいでですがね。はい、後々、わかりやしたが、何かにつけてそういうところのあるお方でしたな。

そんなりく様を置き去りにして、皆であたしを取り囲み、ええ、朗《ほが》らかなもんです。そのうち内蔵助様がこうおっしゃった。

「こやつは、唐犬《からいぬ》の血を引いてるんやないか」

さすが、慧眼《けいがん》の持ち主でおられやした。あたしの産みの母親はごく当たり前の犬でしたが、父親は江戸の旗本奴《やっこ》が飼い馴らしていた唐犬らしいんです。お客さん、何だか腰を引いておいでだが、え、昔、唐犬に吠えられて肝《きも》が潰れそうになったたって。そいつぁ、お気の毒に。唐犬は気性は荒いわ、吠え声は大きいわ、それに力も強うござんすからね。でもあたしは人はおろか、鼠《ねずみ》にだって嚙《か》みついたことがありやせんよ。どうぞ気をお楽になすって。

お子たちの中でいえば、松之丞様は心《しん》から犬がお好きだったと思いやす。少し指を立てて、爪で背中を掻いてくれるんだ。これが何とも気持ちよくてね。

その手がふいに止まって、松之丞様は「父上」と顔を上げられやした。

「額が汚れていると思うたら、ぽろぽろと赤黒い粉がこびりついておりまする。もしや、怪我をしておるのではありませぬか」

内蔵助様は「どれどれ」と、あたしの額の毛を搔き分けられる。

「確かに、切れたような傷があるな」

すると背後から「松之丞殿」と呼ぶ声がする。皆で振り向いたら、りく様が大きな肩をすくめながら手招きをしてるんでさ。

「手負いの犬なんて、とんでもないこと。ああ、るりを遠ざけて。嚙まれてしまいまする」

「傷は乾いておりますし、母上、この犬はたぶん人を噛んだりはいたしませぬ」

「たぶんって、どのくらい」

「たぶんは、たぶんです」

「じゃあ、蚤《のみ》をうつされるかも。ほら、ごらんなさい。くうが咳《せき》をしてる」

りく様は疎《うと》ましそうに、なお眉を寄せられる。

「今のは咳ではありませぬ。笑って咽喉《のど》を詰まらせただけにござります」

りく様は旦那様とお子らの背後から、あくまでも遠巻きに言ってよこされるんですが、松之丞様はうまいこと宥《なだ》めなさる。

「母上も撫でてごらんになっては。怖くありませんよ」

「私だって、怖くなんぞありませぬよ」

りく様は頬《ほお》をぶうと膨らませて言い張った。松之丞様と内蔵助様は、またも苦笑いをお零《こぼ》しになっておられやしたな。

そして内蔵助様はあたしに目を戻し、こう言われやした。

「こやつも無主犬《むしゆけん》になったのであろう。飼いたかったら、好きにしたらええぞ」

「まことにござりますか」

松之丞様をはじめ、お子らはワッと沸き立たれた。で、しばらくして背後へ目を向ける。りく様は「そんなあ」と不服もあらわな面持ちだ。

「今日、家移《やうつ》りをいたしますのに、かような者を召し抱えられるのでございますか」

「四人とも犬好きのようやないか。好きなものが近《ちこ》うおると、何かと心丈夫や」

「飼うって、どうするのですか。私は犬の飼い方など存じませぬ」

懸命に頭《かぶり》を振られるが、内蔵助様は「ん、まあ」と鷹揚《おうよう》でね。

「何とかなる」

その一言で決まった。あたしは、大石家の犬になったんです。


尾崎での仮住まいは五十日余りで、ご一家はやがて船で大坂に移られやした。

いえ、りく様とお子たち、下男下女の数人、そしてあたしの一行です。

内蔵助様は御公儀にお城を明け渡すというお役目がありやしたから、赤穂に残られやした。あたしは本当は、内蔵助様のおそばに残りたかったんですがねえ。りく様はあたしを目にするにつけ「厄介者」とでも言いたげで、しかも旦那様やお子らのおられぬ所で「しっ、しっ」と追っ払う手つきをなさる。もともと犬がお嫌いなのか、それともご一家の大難儀の最中にあたしなんぞを飼う気になれなかったものか、それはよくわかりやせん。

けど尾崎での最後の夜、内蔵助様はあたしの頭をがしがしと撫でられた。

「唐之介、皆を頼むぞ」

そんな言葉をいただいちゃあ、犬だって意気に感じまさ。船の中でもお子らから片時も離れずお守りして、水主《かこ》に感心されたものですよ。松之丞様はさすがにこらえておいででしたが、他のお三方は生まれ故郷を離れる心細さでか、目を真っ赤にしておいででしたからね。

りく様ですか。いや、さすがにお武家の奥方で、しかもご生家の石束家《いしづか》も但馬豊岡《たじまとよおか》藩京極《きょうごく》家のご家老をお勤めの家柄でやす。めそめそなんぞはなさりやせん。ただ、いつまでも船尾に佇《たたず》んで、お城が胡麻粒《ごまつぶ》ほどになるまでも見ておられやした。で、ようよう振り返ってあたしと目が合うと、上唇《うわくちびる》をめくりあげて「しっ」です。

大坂の仮宅は道修町《どしょうまち》の薬種《やくしゅ》問屋の隠居屋敷を借りておいででしたから、手狭でね。あたしは夜はとっつきの土間に入れてもらいやしたが、日中は縦格子のはまった窓の下で毛づくろいをしたり、昼寝をしたりしておりやした。そしたら、上から溜息が落ちてくる。

見上げたら、大きな目玉がきょろきょろと外を見てるんです。

「せっかく大坂におるのに芝居にも浄瑠璃にも行ってはならぬ、外を出歩くのもならぬとは、つまりませぬねえ。そうそう、松之丞殿、神社やお寺への参詣《さんけい》ならばよろしいでしょう。ね、くうや吉千代、るりも喜びますよ。かように狭い家で暮らすのは初めてですから、この子らも息が詰まりましょう」

気になって家の中に入ってみたら、くう様と吉千代様は天神机を並べて、手習いの稽古に励んでおられる。幼いるり様は畳の上で、すかすかとお昼寝だ。

松之丞様も書見台の前で何かを読んでおられる最中でしたが、りく様に向き直って頭を下げられた。

「どうか、おこらえくだされ。物見遊山《ゆさん》で大坂に逗留《とうりゅう》しておるわけではないのです。我々は心を一《いつ》にして、軽々な行状は慎まねばなりませぬ」

「あ、思い出した。昨日、お茶碗を一つ割ってしもうたのです。それを購《あがな》っておきませぬと」

「茶碗はごっそりと水屋《みずや》簞笥《だんす》に収めてあります。このくらいは持っていかねば心許《こころもと》ないと母上が我を張られて、あきらめをおつけにならなかったゆえ」

だから家の中がなお狭くなったんでやすが、りく様はうらめしそうに松之丞様を見上げ、口を尖《とが》らせておいででした。

「旦那様、いつお越しになるのかしら。遅いわねえ。松之丞殿、父上はお城を明け渡すだけなんでしょう。他に何かご用がおありなのですか」

「いいえ。他には何もございませぬ」

「そうよね。最後のご奉公やから別条《べつちょ》ないと、私にもおっしゃってたもの」

そしてまた「あぁあ」とつまらなそうに、窓の外を眺められるのでした。

内蔵助様が大坂の家に姿を現されたのは、六月も二十日を過ぎてのことでさ。その時、左の腕が大変なことになってやしてね。疔《ちょう》と呼ばれるぶつぶつが腕毛の根元の一本ごとにできて、腕全体が膿《う》んで爛《ただ》れてるんです。

さっそく松之丞様が家主の見世《みせ》に赴《おもむ》いて、薬を求めてこられました。で、いろいろと聞いてこられたんです。内蔵助様が横になって寝入ってしまわれた、その枕許を挟むように、松之丞様はりく様に小声でお伝えになりやした。

「もとはちょっとしたひっかき傷で起きるのだそうですが、躰の気が衰えているとかように膿んでしまい、痒みに苦しんで掻くのだそうです。掻き毟《むし》ればそれが傷になって、今度は痛みがひどくなりまするそうな」

「お寝《やす》みの最中に、我知らず掻いてしまわれたのですね」

「お疲れが溜まっておられたゆえだと思われまする」

と、りく様は「あ」と何かを思いついたように顔を上げた。

「腕に巻く晒《さら》し布、あれをもっと用意しておきませんとね。どこにしまったかしら」と立ち上がり、箪笥の抽斗《ひきだし》を引いた。

「あった。あら、これはるりの襁褓《むつき》にしようと思っていた布だわ。これじゃあ、いくら何でも。でもまだ新しいから別条ない、か」

窓の外を日がな眺めている時とは打って変わって、独り言も弾むような調子だ。え、腕に膏薬《こうやく》を塗る時からその上にぐるぐると晒しを巻く時まで張り切ってねえ、唇の両端なんぞ上がっておいででしたよ。

やっと出番を得た役者と申したら、意地が悪うござんすかね。は、何ですって。それまではただ案じるだけだった旦那様のお役にやっと立てる、そんな嬉しさがあった。なるほど、物は言いようだ。

ですがりく様はあたしと目が合った途端に、こう命じられた。

「旦那様は御大変ゆえ、まとわりつかぬように」

あたしは神妙に「へえ」と頷きやしたが、たちまちご機嫌が傾く。

「私には尾っぽも振らぬ。ほんに可愛げのない犬」

あたしは旦那様のご苦労を拝察して、尾を下げてただけなんですがねえ。

松之丞様はといえば考え深げな面持ちで、母上が騒々しく抽斗を引いたり戻したり、畳の上を布だらけにしたかと思ったら、今度は「鋏《はさみ》がない」と右往左往しておられる最中も、じっと坐して父上の寝顔を見つめておられやした。

おそらく、松之丞様には見当がついておられたんでしょう。内蔵助様の、お疲れの因《もと》にね。

奥方はお城の明け渡しを気軽に捉えておいでのようでしたが、ご承知のように、事はそう簡単じゃありやせんや。

まず、殿中での刃傷沙汰の急報を受けたのが三月十九日でしょ。それからすぐさま、先ほどお話しした藩札の取りつけ騒ぎが起きて、それを収めて後もお城は大取込みを極めておりやした。ご家中《かちゅう》の間で「籠城か、切腹か」で考えが分かれて、収拾がつかねえんです。

念の為に申し添えておきやすと、お家がお取り潰しになるってぇと、江戸屋敷と居城は御公儀に収公《しゅうこう》されやす。それが天下の法ってやつだそうで。ですから浅野家の鉄《てっ》砲洲《ぽうず》の上屋敷と赤坂《あかさか》下屋敷は三月十八日にはすでに明け渡しが済んでおりやした。江戸には江戸のご家老がおられやすからね。

で、いよいよ赤穂城も明け渡さねばならねえんですが、いかな公方様の命でも「はい、さいですか」と出て行くわけにはゆかぬと主張するご家中が多うござんしてね。

殿中で刃傷を起こした罪は殿ご自身が腹を召されて贖《あがな》っておられるではないか、そのうえ家までお取り潰しとは無慈悲が過ぎる。城を明け渡せと命じられてすんなり渡したとあっては、浅野の家中にまともな武士はおらぬのかと思われる、という考えでさ。

「ここは武士《もののふ》らしく、籠城いたそう」

しかし籠城なんぞしたら、御公儀への「反逆」になる。これは殿中での刃傷沙汰どころではない、ただごとではない刃向かい方です。亡き主君の弟御、浅野大学《だいがく》様は江戸で「閉門」を命じられておられやしたが、間違いなく切腹を仰せつけられやしょう。ですから浅野のご本家やご一門からも「おとなしゅう城を明け渡せ、自重いたせ」との使者が矢継ぎ早に寄越されていたようです。

「いっそ大手門に皆で並び、切腹して果てるが潔《いさぎよ》し」

主君が亡くなれば家臣が追腹《おいばら》を切って殉じるという風習は泰平の世にあってもまだ根強く残っておりやしたから、切腹派と籠城派は激しい応酬になりやした。

そうこうするうちに、赤穂では不明であった主君の敵《かたき》、吉良《きら》上野介《こうずけのすけ》様が生きていることがわかった。すると激昂して、仇討ちを主張する者が出てくる。

「我らの手で討って、亡き主君の無念を晴らすべし」

しかし内蔵助様は、お家再興に賭けておられた。そのために諸方に働きかけ、皆々を鎮め、「神妙に明け渡しに応ずる」方針で家中を取り纏《まと》められたんです。それが四月の十二日、そして十九日には公儀目付の立ち会いの許にお城の明け渡しを完了されやした。

内蔵助様はその日までに、藩に残った銀子を使ってその年の切米《きりまい》を家中に支給し、さらに割賦《わっぷ》銀も分け与えなすった。大名の城や領地は公儀から預かっているものなんで返さねばなりやせんが、藩が独自に作った財まではさすがにお取り上げにはならねえんで、それを洗い浚《ざら》い分配されたようです。しかも、身分の低い者に手厚くね。

こういった顚末《てんまつ》はあたしが山科で、ご同志が密かに集まられた折々に伺ったことなんで確かでございますよ。ええ、この三角の耳は伊達《だて》についてやしねえんですから。

おっしゃるように、内蔵助様は下々の言葉で言えば、まことに「算盤《そろばん》の立つ」お武家でありやした。

ですが内蔵助様も人の子でさ。血気に逸《はや》る家中を抑え、ご本家や公儀の圧力に耐えながらお家再興の脈を探りつつ、家中の先行きが立つように差配し、お城の明け渡しをしおおせなすった。そりゃあ、お疲れになりやすよ。

松之丞様は父上の置かれた状況をご承知でしたから、あんな何とも言えぬ面持ちで寝顔をご覧になっていたんでしょうな。いえ、母上にそれを明かされるはずはございやせん。だって長屋の亭主と女房じゃあるまいし、内蔵助様は実情を奥方に語られない。松之丞様はそれをご存じですからね。

はい、奥方もお訊《たず》ねにはなりやせん。それが武家の妻女の心得かって。さあ、どうでしょうね。そうであったかもしれねえし、政《まつりごと》にかかわることは己の埒外《らちがい》だと思っておられたのやもしれませんな。もともと、物事を突き詰めて考えられる性質《たち》のお方ではありやせんし。

旦那様がいつお戻りになるか、お子らが風邪をひかぬか、今日の夕餉《ゆうげ》の献立は。そういった目の前のことこそがりく様の重大な、かつ最大の関心事でやした。

内蔵助様は評判通りの、いやそれ以上のお方だが、りく様は思い描いていたお方と違うように思うが、ですって。え、もっときりっとして、忠臣を陰でお支えになった賢女を想像なさってた。はあ、それについてはお好きなように。あたしがとやこう申し上げることじゃ、ありやせんや。

とにもかくにも旦那様の前では従順なお方でやすから、介抱は甲斐甲斐しくなさいやしたよ。が、あの疔は長引きやしたから、痕が残って消えなかったんじゃねえでしょうか。大坂では外での談合《だんごう》も毎夜のようにありましたから、心身の休まる時がありりやせん。山科に移られてからも、時々、左腕を重そうに肩を傾《かし》げて、袖の上から擦《さす》っておられるのをお見かけしましたよ。

まあ、そんなこんなであたしは、ご一家が山科の隠宅にお移りになるのにお供しやした。はて、もう昼前になってやすか。それはそれは。長広舌におつきあいいただきやしたね。ごめんなすって。

え、山科での暮らしをこそお聞きになりたいって。あたしはまだ時がありやすから構いませんが、じゃあ、蕎麦《そば》でもご注文になったらいかがです。

内蔵助様は蕎麦がお好きでねえ。いえ、それよりもっと食べておられたのは韮粥《にらがゆ》だな。お子らには不評でしたが内蔵助様はしじゅう所望されるんで、りく様は畑で韮をお育てになるほどで。

いや、韮は生のまま粥に入れちゃあ、そりゃあ臭《くせ》えですよ。包丁で刻んだ後に塩で揉んで、しばらく置いといてみなせえ。水が出て、ついでに臭みも流れて香りと旨《うま》みだけが残る。白粥に青々、シャキシャキとした歯触り、躰が芯から温《あたた》まってこたえられやせんぜ。そう、塩は赤穂の真塩でね。

むろん家老屋敷にも仮宅にも台所をする者はおりましたから、そういえばりく様が手ずから土鍋で粥を煮るようになられたのは山科以降でやすな。内蔵助様は池田久《きゅう》右衛門《えもん》という変名を使って住居《すまい》を構えなすったから、人の目がありやす。いつまでも家老の奥方然としてたら、怪しまれやすからね。

だから慣れぬながらも畑に出られて、村の庄屋から作男《さくおとこ》を寄越してもらっていろいろと作物もね、お始めになったわけですよ。

山科に入ったばかりの数日はまたおかんむりで、むくれておいででしたけどね。

「ここは外を歩いてもいいとお許しが出たけれど、四方が山、山、山。海が見えへんやありませんか。どういうこと」

ですが畑をなさるようになって、気も紛《まぎ》れたんでやしょうか。ええ、大根も作られやしたよ。あれも旨かった。瑞々《みずみず》しくてね。はい、山科の西野山《にしのやま》村で購われた土地は千八百坪ほどでしたから、畑も広かったんです。

何で山科だったのかって。実は内蔵助様のお身内に僧侶になっておられた方がいて。石清水《いわしみず》八幡宮の坊におられやしたから、依頼をしやすかったようです。そういえばお客さん、「山科近辺で土地を探してほしい」という文を内蔵助様が書かれたのはいつだとお思いになりやす。

いいえ、もっと前、三月二十一日。籠城か切腹かでご家中が割れて、大揉めをしている最中です。ね、びっくりするでしょ。何をどこまで見通してその手当てをしなすったか、あたしらには想像も及びやせんや。いろいろな道筋が同時にお見えになるお方だったんでしょうな。ご自身の熱や心情とは別に、お頭《つむり》の中に冷静という図を広げられる。だから打てる手はすべて打っておく。

山科という土地は京や伏見《ふしみ》に近く、そして江戸への東海道にも通じる要衝の地ですから、江戸や大坂に潜んでいるご同志が集まるにも都合が良うござんした。庭はあえて普請なさらず、母屋も離屋《はなれ》も鬱蒼とした竹林に囲まれていましたしね。東山《ひがしやま》と逢坂山《おうさかやま》との谷間の南に広がる盆地ですから、山科川をはじめ渓流も多い地でした。

山科に移ったのは六月の末でしたが、桜や楓《かえで》の青枝の下は涼しくてねえ。あたしら犬は汗というものをかけねえんで、夏の暑いのはほんとこたえるんでさ。やがて秋ともなれば至るところが紅葉の赤に染まって、枯葉の匂いもどことなく都めいててね。りく様が畑に出られるのにお供して、あたしも畦道《あぜみち》を走り回らせてもらいやした。いえ、相変わらず厭な顔をされるんですが、くう様と吉千代様、るり様が「一緒に」と伴ってくださるんです。

松之丞様はその頃はほとんど父上と行動を共にしておいでで、内蔵助様が使われていた離屋にお入りになったまま顔を合わせない、そんな日がどんどん増えていきやした。

しかも風体《ふうてい》の怪しい連中がしじゅうその離屋を訪れて、話し込んでいくんです。ひどい時は夜を尽くし、幾晩か泊まられることもありやした。内蔵助様はりく様には顔を出さぬともよいと仰せで、下男や下女が酒や肴《さかな》、飯や汁を運んでましたね。

根が呑気《のんき》なりく様もさすがに気になられたのか、畑に出たかと思ったらば鍬《くわ》を担いだままそっと戻ってこられて。姉さんかぶりにした手拭いの端を口に挟んでね、へえ、抜き足差し足の泥棒めいた恰好で離屋の枝折戸《しおりど》をお引きになった。

あたしはそれを目にするや、思い切り大きく吠えました。するとたちまち離屋の小窓の向こうで人影が動いて、閉め切った戸障子が透かされる。何人かが長い物を手にして飛び出してきて、鋭い目つきで周囲を睨《ね》め回し、竹林の中まで探索でさ。りく様はそれこそ這《ほ》う這《ほ》うの体《てい》で母屋に戻ってきて、あたしの顔を見るなり鍬の柄《え》で頭をぽかりです。

「馬鹿犬」

まったく、犬の心、飼主知らずでねえ。あたしとしたら、奥方の身を思って吠えたものを。離屋の中では密談らしきものが交わされて、時折、激しい口調で内蔵助様を責め立てておられるのを、あたしはすでに耳にしておりましたから。へえ、あたしが小窓の下で寝そべってたって、誰も気にも留めやせんからね。

内蔵助様の声は、いつも皆を抑えるような調子でした。

「ともかく、大学様の処遇が決まるのを待て」

内蔵助様はお家再興の望みをまだ捨てておられず、ご一門のお大名に嘆願に回りつつ、浪人となったご家中らが暴挙に打って出ぬよう抑えておられたんですな。

「何を悠長な。今、江戸でどんな噂《うわさ》が立っておるか、ご存じあるまい。大学様がたとえ百万石の領地をもろうても、兄の切腹を見ながら何もせぬのでは、とうてい人前《ひとまえ》がならぬなんぞと言われておるのですぞ。このまま手をつかねておっては、我らの面目《めんもく》も立ち申さぬ」

人前がならぬ、面目が立たぬ、つまり「武士の一分《いちぶん》」が立たねえってことらしいですね。

なにせ、敵の吉良上野介様は年寄りだ。病でぽっくり往生《おうじょう》しちまわれちゃあ、目も当てられやせん。だから一刻も早く事を起こしたい連中がいて、どうやらそれが江戸を中心とした強硬派。一方、内蔵助様をはじめとする上方は慎重派が多いようでした。

談合は幾度も物別れに終わり、十月も末になって、内蔵助様は急に江戸にお発《た》ちになりやした。松之丞様は残られて、弟御や妹御、そしてひょっとしたらりく様の面倒も父上から託されておいでだったかもしれやせん。

十一月に入ったある夜、りく様は夕餉《ゆうげ》の後、囲炉裏の前に松之丞様と吉千代様をお呼びになりやした。

秋が深まってからというもの、ご一家は囲炉裏を切った板間に会して夕餉を取られるようになっていたんで。というのも内蔵助様がひでえ寒がりでね。いつも「寒い、寒い」と背を丸め、綿入れを何枚も重ねておいででしたから、るり様が面白がってね。

「蓑虫《みのむし》に似ておいでにございまする」

三歳のお子がおっしゃることですからあどけなくて、皆、お笑いになっていましたよ。あたしは板間続きのお勝手の土間でいつも夕餉をいただいてやしたから、ご一家のお話もよく聞こえるんです。

一緒に笑いましたですよ。え、犬が笑うかって。侮《あなど》ってもらっちゃあ困りやすよ。犬だって笑いも泣きもするし、しようと思えば愛想笑いも嘘泣きもできまさ。

その囲炉裏端に松之丞様と吉千代様をお坐《すわ》らせになって、他のお子らはもう寝静まっておられる時分で、あたしも土間でうつらうつらとしておりやした。

りく様は改まった様子でもなく、囲炉裏に小枝を足しながら訊ねられました。

「吉千代殿が、兄上にお訊ねしたいことがあるのやとか。さ、教えていただきなさい」

吉千代様はもじもじと俯いておられやしたが、思い切ったふうに顔をお上げになりやした。

「父上は、いつお戻りになるのですか」

「拙者《それがし》は、承知しておらぬ」

松之丞様にしては、少し歯切れの悪い言いようでした。

「江戸には、何用で行かれたのです」

「何用、とは」

問いを問いで返されて、吉千代様はもう二の句が継げやせん。

「いや、そなた、これまでかような事情に立ち入ったことがないではないか」

「私も大石家の男子です。少しは知っていとうございまする。今、如何相成っておるのか、お教えくだされ」

あたしの耳が、ぴくんと立ちました。りく様が吉千代様をそそのかして、松之丞様から事情を聞き出そうとしているに違いありやせん。あんのじょう、松之丞様は母上を横目で見て、「困ったお方だ」とでも言うように細く息を吐かれやしたね。

そして再び、吉千代様に目を向けられた。

「江戸方《えどがた》がもうこれ以上待てぬ、独自に動くと通告してきたのだ。父上はこれまで何度もご配下を差し向けて説得を続けられてきたが、皆、懐柔するはずがすっかり強硬派になって帰ってくる始末での。それでとうとう、御自ら直《じか》に説き伏せるしかないと、下向《げこう》された」

するとりく様は、「旦那様もご苦労なこと」とばかりに頰を強張《こわば》らせた。

「江戸って、上方より遥かに寒い土地とか。からっ風とやらがきついんでしょう。さぞ、寒がっておられる」

と、吉千代様が見当外れの語尾を遮《さえぎ》るように、膝を前に進められやした。

「兄上、江戸方は何ゆえ、そうも性急に事を起こしたいのでござりまするか。かりにも父上はご家老であった御身、何ゆえ父上に従わぬのです」

いつもはおとなしい、兄上の背中の陰に隠れているような吉千代様が思わぬ激しい一面をお見せになったもんで、りく様は目を丸くしておいでです。

「武芸に秀でた者が、江戸方に多いゆえですか」

松之丞様もしばらく吉千代様を見返しておいでで、ですがすっと目許を引き締めた。

「それもそうであろうが、内匠頭様が切腹された折にお遺骸を引き取りに行き、庭で首と胴が別々になっているのを棺《ひつぎ》に納め、泉岳寺《せんがくじ》に埋葬する、そういったことに携《たずさ》わった者は江戸の家中だ。主君の死を肌身で感じている。吉千代、心を平らにして想像してみよ。今朝、お見送りしたばかりの殿の、首と胴だぞ。畏《おそ》れながら、内匠頭様が主君として出来物《できぶつ》であったかどうかは兄にはわからぬ。しかしこの際、それはかかわりがないと言おう。己の目でお遺骸を見、鼻で嗅《か》ぎ、肌で思い知っているからこそ、いつまでも主君の死が真に迫るのだ。死そのものの力に巻き込まれていく」

吉千代様は身じろぎもせずに、兄上の言葉に耳を傾けておられやした。松之丞様はその様子をしかと見極めるように間合いを置いてから、言葉を継がれた。

「ゆえに江戸の強硬派から見たらば、父上の落ち着きっぷりが歯痒くて仕方がないのだろう」

囲炉裏に掛けた鉄瓶がしゅんと湯気を立てて、ご兄弟はそのまま黙りこくってしまわれた。

りく様はといえば、このところ内蔵助様の周囲が剣呑《けんのん》だと察しておられたものの、松之丞様のお話の大半についていけなかったようで、途中からもうあきらめ顔でお茶を淹《い》れ、両手で湯呑みをさすっておられやした。

「で。結局、旦那様はいつお戻りになるのです」

「わかりませぬ」

「困ったわあ。村の秋祭にいかほど祝儀をお包みすればよいか、ご相談申したかったのに」

あたしが思わず溜息を洩らしたのは、ご兄弟と同時でやした。


内蔵助様が江戸から帰ってこられたのは、十二月に入ってからのことでした。

その折は松之丞様が庭で、といっても百姓家らしき砂場でやすが、そこで吉千代様に剣術の稽古をつけておいででした。りく様は広縁でるり様を膝に抱き、くう様と日《ひ》向《なた》ぼっこです。

竹林の小《こ》径《みち》をゆるゆると上ってこられるお姿に最初に気づかれたのは、松之丞様でしたな。頭をお下げになり、皆様も銘々に「お帰りなさりませ」と辞儀をされましたが、あたしはちと胸を衝《つ》かれやした。総身にいろんな、無念や落胆、焦燥の臭いを何重にもまとっておられて、ただでさえ小柄であられるのが一段と縮んで見えたんです。

後に聞いたところによれば、内蔵助様は国家老でやすから江戸が不案内で、まずそれで疲労された。そして強硬派との談合でも、押されっぱなしであったようです。

ですが内蔵助様は菅笠《すげがさ》を指でついと上げ、母屋の軒を見上げて目を細められやした。

「ええ眺めやな」

広縁の軒先にね、大根を干してあったんですよ。畑で丹精したものを、そうさね、五十本がとこはあったでしょうか。で、その合い間に剝いたばかりの柿も吊るしてありやしたから、白と柿色が並んで。なるほど綺麗なもんだって、あたしも見惚れたもんでさ。

「私がお作り申した大根にござりまする。え、柿にございますか。あれは庄屋殿からいただいて、もう、皮を剝くのが難儀にござりました。渋が手について、洗ってもとれぬのです」

「そうか、それはしんどい目をしたな」

「ほんに。爪の間まで真っ黒になって、ほら」

りく様は内蔵助様の後ろにくっついて、喋り通しでやした。

あの日の夕餉は、ことのほかのご馳走でしたな。囲炉裏に掛かっている鍋はむろん、例の韮粥。それからりく様の豊岡のご生家からちょうど蟹《かに》が届いたばかりで、これをさっと真塩で茹《ゆ》でたものに大根の金平《きんぴら》、茸《きのこ》のあえもの。いえ、元ご家老のご馳走といえど、そんなものです。大石家は代々、美服美食に溺れぬを訓としておいでしたし、内蔵助様は上機嫌で粥をおかわりなさいやした。

しみじみと「りくの韮粥は旨い」と、おっしゃってね。りく様は得意げに小鼻を膨らませて、蟹の身を毟《むし》っておいででした。

その日の夜更け、あたしが土間で丸まって寝ておりますと、物音がしましてね。目を開いて顔だけを上げましたら、寝衣《ねぎ》の湯帷子《ゆかたびら》を着たりく様で、土間に下りて下駄を履き、水甕《みずがめ》の蓋《ふた》を開けられる。柄杓《ひしゃく》を持って水を汲んだかと思うと、そのまま口をつけてぐいとお飲みになった。そんな無作法は目にしたことがなかったもんで、目を疑いやした。

するとりく様の顔がふっとこっちを向いた。顎のあたりについた滴《しずく》を手の甲で拭きながら近づいてくるんで、ええ、ちと怖い。で、あたしの前に屈んで、深々と息を吐かれたんでさ。屈託の詰まったようなお顔でね。そんなことも初めてでやした。りく様が寝間からお持ちになった手燭《てしょく》が板間に置いてあるんで、心細げに下がった眉や蒼白い頬が見えるんです。

「唐之介」

そう呼び掛けるなり目を閉じて、また溜息でさ。

いってえ、どうなさったんです、奥方様。

「赤子《やや》が、できたみたいなんやけど」

それは、めでてえじゃありやせんか。もう、びっくりさせねえでおくんなさいよ。

「どうしたものやろうねえ。旦那様にいつ打ち明けたらよいものか」

まだ告げておられねえんですかと、あたしは身を起こしやした。

さては、それで旦那様の帰京の日をお知りになりたかった。いや、もしかして、ただでさえご苦労の多い旦那様に気を使われて、赤子を産むのをためらっておられる。何とお気の毒な。

あたしは、それまで邪険に扱われてきたことを全部水に流してもいいような気持ちで一杯になりやした。

と、りく様はつっと目玉だけを斜め上に向け、ひい、ふう、みいと指を折り始めた。

「この赤子を含めたら、五人お産みまいらせて。私が嫁いでくる前に小間使いにお産ませになったお子が一人、それから存じているだけでもお妾《めかけ》が赤穂に三人いてはったから、はて、女の子がおできになったのは、どこのおなごはんやったか。叔父様のお子を養子にしてもおられるし。え、総勢で何人いてますのやろ」

勘定がわからなくなったのか、今度は両手の指を折って数え始めましたな。

「韮粥、食べさせ過ぎかしらん。あれ、精がつくから」

そこであくびを一つ洩らして、寝間に引き上げておしまいになった。はい、美服美食に溺れぬ内蔵助様は、艶福家《えんぷくか》であられました。

りく様はその翌日には旦那様に打ち明けられ、むろん大層なお喜びようでね。あたしはほっと胸を撫で下ろしたものです。

ですがりく様が身重になられたことで、ご一家は離散されることになりやした。

翌年、元禄十五年の四月、りく様は七ヵ月の大きなお腹を抱えて山科の隠宅を出られました。出産をね、ご生家の石束家でなさることになったんでさ。

年が明けてからでしたか、内蔵助様がそうお勧めになりやしたんで。

お子らは近くの神社の左義長《さぎちょう》に出掛けられていて、ご夫妻は珍しくお二人で広縁に坐っておいでで。春とはいえ、風はまだ冷たくてね。内蔵助様は首巻《くびまき》をぐるぐると巻きつけておいででした。

「庄屋に問い合わせたらば、村には取上げ婆《ばば》がおらぬらしい。豊岡に帰って産むがええ。義父上《ちちうえ》もおられるし、そなたも何かと心丈夫であろう」

「お心遣いは有難うござりますが、私はここで産めまする。初産ではござりませぬし、これまでの四人とも安産にござりました」

内蔵助様はそれにはどうとも答えず、ごろんと横になられた。りく様の膝枕です。あたしは神社の境内《けいだい》には入れやせんので、たまたま庭におりましてね、毛づくろいをしておりやした。気になって広縁を盗み見すると、内蔵助様は腕組みをして目を閉じておられやす。りく様は内蔵助様の左腕を袖の上からさすりながら、竹林の辺りに眼差しを投げておられやした。

「私はこの家で産みとうござります。旦那様のおられる、この家で」

「そなた、ここは山ばかりで海が見えぬと零しておったやないか。山彦《やまびこ》よりも波の音が聞きたい、と」

「いいえ、もう慣れましてござりまする。今では寝入る前に耳を澄ましておりましたら、竹林の葉擦れの音が波の音に聞こえるほどに」

「豊岡にはまことの海があるぞ。そなたの故郷の海が」

「私が見たい海は、赤穂にござりまする。あの、瀬戸内の海」

内蔵助様はそこで薄く目を開け、低声《こごえ》でおっしゃいました。

「松之丞はここに残す」

束の間、りく様の手が止まりました。

「下の三人を、よしなに頼む」

りく様は竹林を見上げたまま、「そんなあ」とお零しになりやした。ですがその後は息を止めたかのように押し黙って、竹の葉だけが鳴っておりやした。

この時、浅野大学様の処遇はまだ決まっておりやせんでした。


はい、あたしは豊岡にお供したんです。ご夫妻の間でどういう話になったものやら、おそらくお子らの心慰めのため、それが最も大きな理由でしょう。お子らは無邪気なもので、山科を出る際は遊山《ゆさん》にお出掛けになるような賑やかさでね。ただ、十五になっておられた松之丞様は、りく様に深々と頭を下げられました。

「母上、お達者で」

そして弟御、妹御に順に言葉を掛けられやしたね。

「吉千代、道中、気をつけてな。くう、風邪をひくな。るり、母上のおっしゃることをよくきくのだぞ」

るり様はそこで急に不安になってか、「厭や」と駄々をこね始めた。

「兄上もご一緒でなければ、厭にござりまする」

「るり、唐之介を可愛がっておやり。時々、指で毛を梳《す》いてやるのやぞ」

父子というものは凄いものですな。真っ向から対決せずにすっと話を変えて矛先《ほこさき》をかわしてしまう、その仕方が父上にそっくりで。

松之丞様がるり様をなだめておられるのを、ご夫妻は黙って見ておられやした。やがて石束家から遣わされた従者に促されるように、お子らは次々と駕籠《かご》に乗られました。お腹の大きなりく様は、ただでさえ大柄でやすから尻を収めるのも難儀でね、最後は内蔵助様と松之丞様が手伝われて、皆、肩で息をする始末で。

おかげでりく様は、やれやれとばかりに屈託のない笑みを泛べておられやした。

「旦那様、松之丞殿、参りまする」

内蔵助様も目許をやわらげて、「ん」と頷かれました。

りく様が山科をお発ちになる際にどこまで覚悟をしておられたのか、それはあたしには知る由もございやせん。ただ、石束家に身を落ち着けられてふた月ほどの後、ご次男の吉千代様を円通寺《えんつうじ》というお寺にお預けになりやした。

おそらく、父上、石束源五兵衛《げんごべえ》様のお勧めによるものであったでしょう。武家は長子相続と決まっておりやすから三男、四男ともなると他家に養子、あるいは出家させるのも珍しくありやせんが、吉千代様は十二歳のご次男です。石束家ご一門としては、吉千代様に万一の累が及ぶのを懸念されたんでしょうな。

そうです。りく様よりも父上の源五兵衛様の方が諸方の事情に通じておられやすから、娘婿である内蔵助様が置かれた立場をしかと把握しておられた。だからりく様は父上によって、旦那様の真のご事情を少しずつではありやすがお知りになったんです。あたしもね、源五兵衛様からの聞きかじりが多うございますよ。

お客さん、随分と長居しておられやすが、よろしいんでやすか。蕎麦も饅頭も喰い尽くして、え、お茶ももう入りやせんか。へ、煙草を一服。どうぞどうぞ。あたしもちょいとそこで小用を足してきやしょう。へえ、あたしらは楽でさ。片足を上げるだけでいいんだもの。

お待たせしやした。あれ、何です、紙と筆なんぞをお持ちになって。お客さん、ひょっとして、文人《ぶんじん》か何かで。え、「私のことはどうでもええから、皆が知らぬ話を披露しなはれ」だって。

さて、どこまでお話ししましたっけ。ああ、豊岡ね。あすこの夏はほんと暑いですな。冬は極寒でね。厳しい土地でさ。しじゅう霧が出て、前が見えませんしね。

内蔵助様も霧の中を手探りで、いかほどの思いでお歩きになっているだろうなんて、あたしも犬なりに案じておりやした。浅野大学様のご処分が下って、ご妻子ともどもご本家の広島藩浅野家に引き取られることになったと聞き及びましたんでね。

はい、内蔵助様が心底、願っておられたお家再興の道筋はそこで途絶えやした。

赤子《やや》さんでやすか。あたしとしたことが、大事なことを言い忘れておりやした。七月五日にお生まれになりやしたよ。男のお子様です。さっそく山科に遣いを走らせて、内蔵助様は大三郎《だいさぶろう》と名づけられやした。むろん会いには来られやせん。結句、大三郎様のお顔をただの一度も見ることなく、お抱きになることもありやせんでした。

そのご出産後まもなくでしたか、内蔵助様は松之丞様を元服させられました。松之丞様は、大石主税良金《ちからよしかね》となられやした。

そんな束の間の、大石家のささやかな慶事が続いた後に大学様のご処分が下ったもんですから、石束家でも内蔵助様のご判断やいかにと、蒼褪《あおざ》めておられやした。

いよいよ討ち入りか、それとも。

そんな最中に、りく様宛てに文が届きやしてね。その頃、石束家がお持ちの別邸にお子らとお暮らしになっていましたが、時々、父上が訪ねてこられるだけで、吉千代様はもうおられぬし、十三歳になったくう様と四歳のるり様、そしてまだ乳を飲んでおられる大三郎様との四人暮らしです。

だからかどうかは知りやせんが、あたしによく話し掛けられるようになりやした。

「唐之介、旦那様から文です」

すわ、討ち入り決定かと、あたしはもう心ノ臓が早鐘のように打って、辺りを睨みつけるように見回したもんです。源五兵衛様がおっしゃるには吉良方は戦々恐々の体《てい》で幾重にも警護を固め、上方には間者《かんじゃ》を放っているとの噂もありやしたから。

りく様の声も少々、上ずっていて、庭に面した縁側で包みをお開きになる時は背筋を立てておいででした。

「ええと……いつぞやも話した通り、今は八坂《やさか》の祇園《ぎおん》踊りの季節ゆえ、主税を連れて見に行ってきた、やて。唐之介、聞きましたか。こっちはさんざん心配してるのに、父子で京に遊びに行っておいでやわ。……なかなか風流なものやった、伏見の有名な踊りも見たけど、まあ、驚くほどの見事さ」

そこまでを読み上げ、奥方は急に言葉を詰まらせた。

「そもじ殿へ見せ申したきことと……しんと、しんと、存じ出す事どもにて候」

――あなたに見せてやりたいものだと心から、心の底から思ったことや。

りく様は「んもう」と呆れて、目玉をくるりと回された。その途端、目頭に何かが膨れて、鼻の先も真っ赤になりやした。あたしは、見て見ぬふりをいたしやした。

それからりく様は、内蔵助様からの文を心待ちにされるようになったんです。ですが便りは途絶え、父上がぽろりと漏らされたことには、内蔵助様の不行跡《ふぎようせき》の噂ばかり。伏見の撞木町《しゆもくまち》や祇園、島原《しまばら》で遊び狂うておいでだというんですな。

源五兵衛様は腕組みをして、やや呆れたような面持ちでおっしゃったものでした。

「京で遊蕩《ゆうとう》するとなると、山科からは東山を越えねばならんやろう。まったく何を考えておられるのやら、わからぬようになってきたわい」

奥方にすれば旦那様の遊蕩話など聞いて楽しいわけはないでしょうが、源五兵衛様も肝の大きなお方のようで、なればこそ快く三十過ぎの娘と孫らを引き取られた。

源五兵衛様は、内蔵助様が主君の仇をお討ちになる、そのことを心待ちにしておられるような節もありやしたね。だから妻子を生家に預け、己は京で遊び呆けているなんて噂を耳にしたら、舌打ちの一つもしたくなる。実際、ご家中の中には眉を顰《ひそ》め、内蔵助様に強く意見するお方らもいたようです。

江戸の強硬派と上方の慎重派が山科、円山《まるやま》での談合を経て討ち入りを決定したのは、七月の末でさ。以降、目立たぬように人数を分けて、続々と江戸へ下っていかれやした。皆、内蔵助様のお指図で、妻子や親の身の振り方をつけてからの出立《しゅったつ》だったそうです。その周辺から、何となく「いよいよか」という空気が豊岡にも洩れ伝わってきてたんでしょうな。

ですがりく様は、父上のやや非難めいた嘆息にも耳を貸そうとはなさいやせん。

「旦那様も懊悩《おうのう》しておられるのでござりましょう。唄《うと》うて踊らねば身が持ちませぬ」

「この期《ご》に及んで、まだ逡巡いたすか。いや、いやいや。内蔵助殿のことじゃ。一計を案じたのやもしれぬ」

「父上、一計とは」

「つまり、敵の目を欺くための遊蕩じゃ。あの様子では主君の仇を討つ気など放擲《ほうてき》いたしたに違いないと、思わせる」

するとりく様はいつもの尻上がりな「ええ」を繰り出した。

「さようでしょうか」

「おなごのそなたには、内蔵助殿の深謀遠慮などわかるまいが、きっとそうじゃ。間違いない」

けれどりく様はまだ納得しかねる面持ちで、小首を傾げておられる。

「旦那様は今、本気で迷うておられるのだと思いますけれど。昨年三月十九日からこっち、東の間とて迷う暇《いとま》がおありにならなんだのでしょう。旦那様は、今、ようやく、己のご本心と向き合《お》うておられる、私にはそう思えまする」

暑さの厳しい豊岡の夏を越え、りく様の頰は少し肉が落ちておいででした。

「たとえ己の本心といえども、一つとは限りませぬゆえ。おそらく、これまで取り組まれたさまざまの中で、今が最もお苦しい時かと」

秋草がそよぐ庭を眺めながら、そう呟かれた。

すると奥の小間で寝ておられた大三郎様が、ふいに大きな泣き声をお上げになった。くう様とるり様が「よしよし」と、あやしておられる。

「大三郎殿、しばしお待ちなされ。母上は今、祖父《じじ》様とお話をしておられるのや。後で、たっぷりと乳をいただきましょうな」

それを聞いてか、りく様は思い出したように肩をすくめやした。

「また、京のおなごはんのお腹を膨らませるやもしれませぬなあ。ほんまに、何人になるのやら」

源五兵衛様には突拍子もない言葉だったんでしょうな。毒気を抜かれたみたいに、黙って座敷を立ってしまわれやした。りく様は「はて」と呟きながら、ひい、ふう、みいと、手の指を折っておいででした。

待ちかねた文がようやく届いたのは、十一月も半ばの午下《ひる》がりでやした。毎日、雪が降り積んで、どこもかしこも白くてね。ですがその日は久しぶりに陽射しが暖かくて、あたしも庭でくう様とるり様のお相手をしておりやした。りく様はいそいそと広縁に腰を下ろして、軒から光りながら落ちる雪の雫《しずく》をちらりと見上げてから包みをお開けになりやした。

そして畳んだ紙を広げた途端、お顔から一切の色が消えちまった。たっぷりとした頰は横に引き攣《つ》れて、唇は半開きです。「あ」という形のまま、接ぎ穂を失ったような。

どのくらいそうしておられたか、随分と長かったような気がしやすが、実際には束の間のことだったのやもしれません。

りく様はもう一度、書状に目を通されて、今度はもう血の色が戻っておられやした。背筋を立て直して顎を引いて、口許を引き結んでおいでで。書状を包み直して懐に差し入れてから、庭に向かって手招きをされた。

「くう、るり、おやつはどうします。お餅《もち》を焼きましょうか。唐之介、お前はお餅はあかんでしょう。この前、咽喉《のど》を詰まらせてさんざん苦しんだやないの」

その書状ですか。はい、それは「離縁状」でやした。あたしは、夜に知ったことですが。え、討ち入りの決意を知らせるものではなかったのか、ですって。何をおっしゃる。

離縁状こそが、内蔵助様の決意を表わすものでやしたよ。


りく様はしばらくの間、離縁状のことを誰にもお話しにならず、父上に遣いもお出しになりやせんでした。ええ、ひっそりと我が胸に抱いておいでのような風情《ふぜい》でね。それからどのくらい日を経ていたか、よく憶えてねえんですが、極月《ごくげつ》に入ったある日の夜のことでした。

夜は相当、更けていて、けれどまだ明け方ではない時分でね。あたしはいつものごとく土間で丸くなっておりやしたが、一睡したかと思ったら目が覚めて、躰の向きを変えては横になる、そんなことを繰り返しておりやした。

そしたらりく様が手燭を持って寝間から出てこられて、土間に下りられやした。水場に立てかけてある小盥《こだらい》を手にして板間に戻り、その盥の前に膝を畳まれた。細帯を緩め、襟に手を掛けたかと思うと乳房を露わにして前屈みになられやした。

もう見慣れたことなんで、あたしは驚きやせん。りく様は乳房が張って痛むらしく、時々、盥に乳を搾《しぼ》り出されるんでさ。五人のお子に乳をおやりになったとは思えねえほどの乳房でね、さすがに乳輪は大きくて黒ずんでやしたが、青い血の線が走っているのが透き通って見えるほど白かった。

大三郎様ですか。もうりく様のそばにはおられやせん。石束家のご家来に養子にお出しになったんです。十月のかかりのことで、はい、離縁状がりく様に届く前のことです。

ご次男の吉千代様同様、罪咎《つみとが》が及ぶのを防ぐためのご決断で、ともかく男のお子は大石家から出しておくこと、それが「守る」ということでやした。

離縁も同じことでやすよ。りく様や女のお子たちにも累が及ばぬようにとの、内蔵助様のお考えです。

りく様は乳を搾り出したらやけにすっきりとした顔つきで、前を合わせ直して盥を持ち、また土間に下りられやした。乳を流し、盥を洗っている音だけが聞こえました。夜半からまた雪になりやしたから、ほんに静かです。あたしは神妙な気分といいましょうか、胸が詰まっちまって、土間に身を横たえたまま顔だけを上げておりやした。

「唐之介」

いつもの声であたしをお呼びになるもんで、ほっとしましてね。尾っぽを振りながらそばに参じました。

そしたら濡れた指先を反りかえるほど伸ばして、手刀《しゅとう》でしゅっと額をやられやした。ちょうどこの、傷痕のあたりを目指して。

あたしは後ろに飛び退《の》きやしたよ。まるで、本物の小刀《ちいさがたな》が一閃《いっせん》したような感じを受けたんだ。総毛立って、腰が抜けたみてえに尻餅をつきやした。

身動きできねえんですよ。殺《や》られると思った。

それでもりく様は腰を低うしてあたしに迫ってきて、今度は槍を持つ手つきで腹にぶすり、そして首根っこを摑まえてまた手刀を振り下ろされた。

いえ、実際には乱暴に及ばれたわけじゃありやせん。すべての所作が、毛先の前で寸止めでした。

けど、あたしは大勢に取り囲まれておりやした。襖《ふすま》を蹴破り、怒号が飛び交い、斬り結んで刃先がこぼれる音が聞こえた。血の臭いも凄かった。

りく様はしばらくして己のしたことに戸惑われたようで、我を取り戻した途端、ぺたんと尻から板間に腰を下ろされやした。ぼんやりしておられやしたね。

そしてまた土間に戻ってきて、今度はあたしの背中に腕を回されたんです。ひしと抱き寄せられて、あたしはまた身じろぎもできずにおりやした。りく様の首筋に髭《ひげ》が当たって痛くはねえか、そんなことを心配したりして。でもりく様は顔に顔を寄せてきなさる。乳の匂いがする。

あたしの耳許で、念じるような言葉が響きました。

「どうか、為果《しおお》せますように」

そう、夜盗めいた急襲とはいえ、ご家中にとれば殿中の刃傷沙汰以来の、長い長い時を懸けた戦でやした。討ち入りはその雌雄《しゆう》を決する、一度きりの決戦でさ。どうあっても為損《しそん》じてはならんのです。武士の一分に懸けて為遂《しと》げねばなりやせん。ええ、奥方にとってもそれは同じです。

と、奥方の肩が動いて、屈めていた半身を立てて土間に両膝をつかれた。耳の後ろに掌を立てておられる。

「唐之介、何か、聞こえる」

あたしも両耳を立てて総身を澄ましやした。目を閉じて、雪が降る音の向こうを辿《たど》り、掻き分けた。

そしたら、首尾を遂げたことを知らせる笛の音《ね》が聞こえたんです。やがて極月の夜空に響く、鬨《とき》の声も。

あの夜のことを思い返すと、今でも奇妙な心地になりやす。え。後から聞いた話の様々がより合わさって、そんな記憶になったんだろうって。ええ、そうかもしれやせん。

ただ、内蔵助様と主税様がご同志らと共に吉良邸に討ち入られたのは、極月の十五日。離縁状が届いた、ほぼひと月後のことです。あの夜のりく様は、討ち入りがいつ決行されるかなんぞご存じありやせんでした。

四十六人が切腹されて後、内蔵助様のご遺言が人の手を介して伝えられました。

──心晴れやかに相果てて候
りく様が静かにその菩提《ぼだい》を弔《とむら》っておられたかというと、そうは行きやせんでした。

御公儀は浪士の妻と娘は「構いなし」とされたものの男子は遠島、ただし十五歳までは罪を猶予されるとのことでね。遺児探索もあって、その際に大三郎様は養子先の実子とは認められず、再び石束家に戻されやした。二歳です。

やっと我が子と再会できたとはいえ、大石家の三男とされた以上、十五歳になれば仕置《しおき》を受けねばなりやせん。

りく様にとっての正念場はおよそ六年間、宝永《ほうえい》六年の秋まで続きました。

その年、一月に公方様が薨去《こうきょ》されたことで、八月二十日に「大赦《たいしゃ》」の御沙汰が下ったんです。浅野大学様は赦免され、九月には浅野家がついに再興を見ました。そして大三郎様も免罪され、晴れて大石家の跡取りとしてお育て申すことができるようになりました。

僧侶になっておられたご次男の吉千代様はその寸前、病で入寂《にゅうじゃく》されておりました。十九歳です。じつはご長女のくう様も、それより五年前の宝永元年に十五歳で亡くなっておられます。ええ、幼い頃から風邪をおひきになれば咳が止まらぬ性質《たち》で、病没でした。

りく様ですか。髪を落とされて後は香林院《こうりんいん》様と名乗られて、お子らの葬儀をお出しになる時も遺漏なく手配りし、それは堂々としておられやした。

そして、まるで潮が満ちるかのように、おおどかなお方になっていかれやしたな。内蔵助様は苦心惨憺《くしんさんたん》の最中も温寛《おんかん》で、ご一家の日常をそれは大切になさいやしたから。お子に蓑虫に似ていると言われて、嬉しそうに目尻を下げておられたんですから。

夫婦《めおと》なるもの、つくづくと合わせ鏡だと思いやすよ。

それにしても、お客さんもくたびれなすったでしょう。あたしの話をこうまで熱心に聞いてくださるとは、やっぱり旅の土産話ってわけじゃありやせんね。え、物書き。浄瑠璃の座付き作者ですか。なるほど、それで合点がいく。筆の走らせ方が早ぇもの。

でもあれでしょ、赤穂事件を材にした芝居、浄瑠璃は御公儀がうるさいんじゃありやせんか。え、今ではそうでもない、世間は忠臣のことをもっと知りたいんだって。なるほどねえ、世間ってのは無力なようで、大きな力を持ってるものでやすねえ。一滴一滴でも集まれば、ねえ、この海の波になるんだもの。

で、どこの小屋ですか。大坂の竹本《たけもと》座。それはそれは。最後にもう一つだけって、ああたも粘るね。だいいち、今さら訊ねるのも妙だけど、あたしの言ってること解してなさるんですか。あ、そう、わからねえとこは想像で補うって。ま、いいや。言葉を解したって通じねえ人もいるしね、黙ってたって通じる人にゃ通じるってもんでさ。

で、何を知りたい。え、あたしのこと。江戸の産が、何で赤穂にって。ああ、そんなこと。

いえね、あたしは江戸といっても、じつは中野村《なかの》にいたんでさ。中野といえば、そう、ご名答、犬屋敷。そこを出奔したんです。はい、結構な、安穏な暮らしでやしたよ。飯には困らねえし、むろん雨露、雪の心配もねえ。寒い日には火鉢まで入れてもらって、病には犬医が馳せ参じてくれやすからね。

けどね、どこを見渡しても犬ばかりですよ。しじゅう仔犬が生まれてその数は増えるばかりで、あたしは息が詰まっちまった。あの頃は一歳の若者でしたから。へえ、犬は七ヵ月ほどで成犬になりやすからね。で、何と言おうか、身の裡《うち》から湧いて出る生気《せいき》の晴らしようがねえと言いましょうか。つまらぬ喧嘩をいくつかして、このままだったら腐っちまうと思って、役人の目をかいくぐって飛び出したんでさ。元禄十四年の正月でした。

江戸市中をうろついても、皆、あたしには手出しをしやせん。下手に餌をくれたりしたら、飼主にならなきゃなんない。毛の色を記して届を出すんでさ。だから皆、あたしの姿を目にしたらば、慌てて目をそむける。そうこうしているうちに三月になり、鉄砲洲の辺りをうろついてたら申《さる》の下刻になって、そろそろ今夜の塒《ねぐら》を探しておこうと引き返しかけたら、お武家の屋敷に駕籠が二挺着いて、えらく騒々しい。

「早水《はやみ》、萱野《かやの》、頼んだぞ。一刻も早《はよ》う、ご家老にお報せせよ」

二人のお武家は「はッ」と叫ぶなり駕籠に身を入れ、前後を担ぐ人足らが道を蹴るようにして走り始めた。

江戸から赤穂へは百五十五里、早駕籠でも七日は掛かる道のりを四日と半日ほどで到着したってえ、あの有名な第一報でさ。

それで気がついたら、あたしも走ってたんです。そう、早駕籠の後ろを、時に脇を、走りに走った。

もちろん、それまでは犬屋敷の役人としか接してねえんで、人の言葉もろくろくわかりやせん。けど何やら大変なことが起きて、それこそ決死の覚悟でひた走ってる。それはもう、肩から針みたいなものが発せられてるんで察しがつきやす。ええ、人ってのは犬よりよほどあからさまですよ。

まあ、その時のあたしは早駕籠の使命なんぞに興味はありやせんでしたけどね。ただ、もう、走るのが闇雲に嬉しくって。犬屋敷ではそんな場がありやせんでしたから、四肢を存分に使って飛ぶように走りましたさ。

犬ってのは、走って何ぼなんです。お武家が闘って何ぼ、と同じでしょう。おっと、口が過ぎた。

それにいよいよ頃合《ころあ》いです。あたしの主が見えました。はい、あのお方が香林院様、りく様です。

同道されている娘御は、次女のるり様。え、でかいって。そうなんでさ。十五歳におなりになりやしたが躰つきが母上にそっくりでね、まだ縁組の話はないんですが、嫁がれたらきっとたくさんお子をお産みになるでしょうよ。

へい、旅装でおられるのは、今から広島に向かわれる、その道中でね。大三郎様が、まだ元服も済ませておられない十二歳ですが、浅野のご本家にお召しを受けて、千五百石の知行でお抱えいただくことになりやしたもんで。

あんなに冷たかったご本家なのに、討ち入り後の浪士が「義士だ」「忠臣だ」なんて大評判になったもんだから、掌を返したって。

そんなこと、些末《さまつ》なことでさ。りく様は大三郎様の身が立って、これからやっと腰を落ち着けて旦那様の菩提をお弔いになれるんです。あたしがこの茶屋でお待ち申していたのも、大石家代々の菩提寺にお立ち寄りになってたからで。

じゃ、ごめんなすって。あああたの腕のほどは存じやせんが、ご健筆をお祈りしやすよ。え、題はもう思いついたって。『仮名手本忠臣蔵《かなでほんちゅうしんぐら》』。へえ、その蔵ってのは、内蔵助様のことですかい。

どうだかなあ。ま、好きにしなせえ。浄瑠璃も当たらなきゃ、一分が立たねえでしょう。

奥方、お膝は痛みやせんか。は、それは何より。ここから広島までまだ道のりがありやすからね。え、海を見ながら歩きたいから駕籠はやめておくって。るり様、いいんですかい。夜、あすこを揉め、ここが痛いと、また大わらわですぜ。

けど仰せの通り、せっかくの赤穂だ。瀬戸内の海の匂いを味わいながら、ゆっくりと歩を進めることにいたしやしょう。あたしももう歳でござんすから、昔のように駈けたら息が上がっちまう。

「唐之介」

りく様に呼ばれて、あたしは尾っぽをぴんと立てる。数歩後ろに間合いを保って歩く。晴れて、顔を上げて歩く。浜子らの唄声に耳を澄ましながら。

塩荷船の白帆が膨らんで、青い海に漕ぎ出した。今日も江戸に塩を運ぶんだろう。

首無し幽霊

夢枕獏

一

人形町《にんぎょうちょう》——

鯰《なまず》長屋の遊斎《ゆうさい》のところに、長門屋六右衛門《ながとやろくえもん》という人物が訪ねてきたのは、昼を過ぎてからであった。

歳《とし》の頃なら五十ほどであろうか。

長屋の入口にある桜が、ちらほら咲きはじめたころである。

通されて、

「ほう……」

と六右衛門が声をあげたのは、そこに、思わぬ光景を見たからであった。

土間と言わず、畳《たたみ》の上と言わず狭い空間のほとんどが、もので溢《あふ》れかえっていたからである。しかも、そのものが、これまで六右衛門が見たことのないものばかりであったからである。

異国の宝箱のようなものや、積みあげられた巻子《かんす》。何やら得体の知れぬ木彫の獣や、像、石、海の向こうから渡ってきたと思われる剣。地球儀。銅でできた龍。

眼の前の畳の上に転がっているのは、人のされこうべである。しかし、その額からは、一本の長い角《つの》が伸びている。

土間の隅に置かれている箱は、ちかごろ耳にするエレキテルというものであろうか。

畳の上には、様々な書が乱雑に散らばっていて、奥に文机《ふづくえ》があるのが見える。その文机の前だけが、ようやく人の座すことができるほどの広さで、畳表が見えている。

「どうぞ」

と、六右衛門をうながしたのは、角のあるされこうべの横に立っている、白髪の人物であった。

長く伸びた白髪を、頭の後ろで、無造作に鮮かな赤い紐《ひも》で結んで束ねている。

白髪ではあったが、老人でないことはわかる。

四十歳をわずかに出たくらいであろうか。

すっきり背筋が伸びていて、切れ長の眼もとが涼しい。

しかし、奇妙であったのは、その眸《め》が兎《うさぎ》のように赤いことであった。

この長屋の主《あるじ》、遊斎であった。

「どうぞ――」

もう一度うながされて、ようやく六右衛門はあがった。

二

「これは、たいへんなものでございますな」

六右衛門は、周囲を見まわしながら、そう言った。

「噂《うわさ》には耳にしておりましたが、これほどのものとは――」

すでに、六右衛門は、畳の上に座している。

正面で文机を背にして座した遊斎が、六右衛門を見つめている。

「どういう噂でしょう」

支那人《しなじん》が着るような、道服の如《ごと》きものを身に纏《まと》っているのだが、その口から発せられる言葉には、異国の訛《なま》りはない。

「いやいや、噂でござります」

「化物を飼っているとか、床下に人の屍体《したい》が埋められているとか……」

「まさか、そのような……」

「噂通りかもしれませんよ」

言った遊斎の唇が微笑している。

かといって、それでほっとできるわけでもなく、浮きかけた額の汗を指先でぬぐって、

「御注文の品、できあがりました」

六右衛門が胸に手をあてた。

その懐から、金糸銀糸で文様《もんよう》が織り込まれた錦《にしき》の包みが顔を覗《のぞ》かせている。それだけでは、中身が何であるかはわからないが、棒状のものと見えた。

六右衛門は、それを懐《ふところ》から抜き出した。

細長い袋であった。中身よりは袋の方が長く、余った部分を折って、紐で結んでいる。その紐を解き、中に入っていたものをするりと取り出した。

長さ、一尺六寸（約五十センチ）ほどの竹の筒であった。

表面に漆《うるし》が塗られていて、一方の端に栓がしてあった。

その栓を六右衛門が抜いた。

栓を畳の上に置いて、その竹筒を傾けると、筒の先から、細い竹の先が出てきた。その先をつまんで引くと、中からするすると細い竹が出てきた。それを伸ばしてゆくと、さらにまた、竹筒の中からあらたな竹が出てくる。出てくるに従って、だんだんと竹は長くなってゆく。

中から引き出されたのは、全部で五本の竹であった。もとの竹を合わせれば、六本。

どれも節《ふし》は削られ、漆が塗られて、表面がなめらかになっている。竹の繋口《つなぎぐち》の受けの方には、絹糸らしきものがびっしりと巻かれている。漆は、その巻きつけられた絹の上からも塗られていた。

全長九尺（約二・七メートル）ほどの釣《つ》り竿《ざお》であった。

仕舞い込み寸法一尺六寸。

六右衛門は、出した竿をいったん畳んで、もとのような竹筒にして、

「どうぞ、お試しを――」

それを、遊斎に向かって差し出した。

遊斎は、その竹筒を受け取って、今しがた六右衛門がやったように、中から次々に竹竿を引き出してゆき、一本の釣り竿とした。竿尻を右手で持ち、調子を確かめるよ

うに竿先で天井に触れ、弾力を確かめてから、上下、それから左右に軽く振った。

「みごとじゃ……」

遊斎が、ため息と共に言った。

「魚を掛けてから、竿を立てれば、自然に魚の方が寄ってくる。人は何もせずとも、竿が魚を寄せてしまう……」

遊斎は、しばらくその感触を味わってから竿をたたんだ。栓をして、竿を錦の袋の中に収め、紐を結ぶ。

それを手に持って、

「いかほどでしょう」

遊斎が問うた。

「特別あつらえでございますれば、三両ほどもいただきましょうか――」

「では」

と、遊斎、懐から金唐革《きんからかわ》の財布を取り出し、そこから一両小判三枚を取り出した。

右手にあった、黒い亀の甲羅《こうら》の上に置かれていた、虹色に光る皿のようなものの上にその三両をのせ、その皿を畳の上に置いて、六右衛門の方へ押しやった。

「確かに――」

六右衛門は、三両を懐に入れてから、その皿を手に取った。

その皿は、完全な円形をしているわけではなく、見る角度によって、青色にも、赤色にも光る。

「これは？」

「蛟龍《こうりゆう》の鱗《うろこ》ですよ」

「こうりゅう？」

「虬《みずち》です」

「みずち？」

蛟龍であれ、虬であれ、六右衛門には何のことやらわからない。

「我が国には、それほどたくさん棲《す》むわけではありませんが、少しは江戸にも……」

「いるのですか」

「どうでしょう」

また、遊斎が微笑した。

好奇心はあったが、ここから先は立ち入らぬ方がよいと、六右衛門も感じとったのであろう。

話題を変えた。

「いや、しかし、御注文をいただいてから、一年半も時が過ぎてしまいました」

「よいものを作るにはそれなりの刻《とき》が必要ですからね」

「ええ。ちょうどよい竹を捜すところから始めねばなりませんでしたので――」

「待った甲斐《かい》がありました。軽くて、持った時から、もう手になじんでいる」

「通常は、四本たたんで二尺三寸、伸ばして、一間二尺。それを、たたんで一尺六寸、六本でということでしたから――」

「できると思っておりました」

「それにしても、いったい、どこでわたしどもの竿のことをお聞きになったのですか――」

「これですよ」

遊斎は、後ろへ身体《からだ》をねじり、文机の上から、二冊の本を手に取って、それを、六右衛門の前――畳の上に置いた。

題が、ちょうど六右衛門から読めるようになっている。

『漁人道知邊《ぎょじんみちしるべ》』

『何羨録《かせんろく》』

と、ある。

「玄嶺《げんれい》老人と、津軽采女《つがるうねめ》さまの書かれた本でございますな」

六右衛門が言った。

遊斎は、『何羨録』とある本を手で示し、

「これは、五十年ほど前に書かれたものですが、たいへんに優れた釣り指南書です。釣りの道具作りから、釣り場のこと、山の立てかた、風の読み方まで書かれていて、実に興味深い……」

「ええ」

「こちらの『漁人道知邊』は、半分以上がこの『何羨録』の写しですが、さらに玄嶺老人の独自の見聞も付け加えられております」

「はい」

「その中に、懐中振出《かいちゆうふりだ》し竿のことがありました」

遊斎は、『漁人道知邊』を手に取り、開いて、読みはじめた。


或人《あるひと》竿《さお》の力ハ手より先壹《いち》、貳《に》尺にあり、此内《このうち》に弱み痛み有る竿にてハ、大魚揚《あげ》がたし卜云《い》ふ、近世《このごろ》竿に二タ《ふ》繼《つぎみ》三繼《つぎ》有り。

昔は不用《ふようじ》事なり、是《これ》ハ元來陸釣《がんらいおかづり》の竿にて、沖《おき》ハ壹丈《いちじよう》又ハ二《に》間《けん》の竿に、貳《に》尺三《さん》尺の穂《ほ》をすげたる竿のみ用ひたるに、種々仕出《しだ》し多く、二タ繼三繼ハ持ち運《はこび》にハ、甚《はなは》だ短くてよろしかるべし、けれども魚《うお》のさはり二段三段に引く故、不宜《よろしからず》と云ふ人有り、しかし繼手《つぎて》の丈夫に差し入れたるが宜《よろし》く有るべし、近世《このごろ》又はねと云ふ事有り、又懐中竿《またかいちゅうざお》とて振出《ふりだ》しに二《ふ》タ繼《つぎ》の竿有り、皆是手《みなこのて》釣《づり》の引き宜《よろし》き爲《ため》を考へて作り出せし也《なり》、此懐中竿ハ近き比《ころ》長門屋《ながとや》六右衛門《ろくえもん》と云ふ、竿屋《さおや》の仕出《しだ》し也。

「このごろ流行《はや》りの懐中振出し竿、長門屋六右衛門――つまり、あなたの工夫したものであると、ここに書かれています。新しいものに興味があるものですから、ここを読んだ時には、ぜひともこれを手にしたいと思い、長門屋さんにお願いにあがった次第です」

「さようでございましたか――」

六右衛門、うなずき、

「しかし、こちらからきり出そうと思っていたのですが、遊斎先生の方から、『漁人道知邊』のことをお話しいただけて助かりました――」

「何のことでしょう」

「『漁人道知邊』をお書きになった玄嶺さまのことでございます」

「それが、何か?」

「玄嶺さま、以前からわたくしの知りあいでござりまして、釣り具のことでもいつも新しい工夫など御教授いただいているのですが、この頃、お元気がない御様子で、先日お宅におうかがいいたしましたおり、そのことについて、お訊《たず》ねしました。最初は、そんなことはないとおっしゃっておられたのですが、わたくしが、懐中振出し竿のことで、人形町の遊斎先生のところへおうかがいするつもりであることを告げましたところ、それならば、頼みがあると、そうおっしゃられまして、それで、元気のない理由というのを、話して下されたのでござります」

「ほう——」

「玄嶺さま、実は、小普請組《こぶしんぐみ》の加山十三郎《かやまじゅうざぶろう》さまというお侍《さむらい》さまでござりまして、釣りがお好きで、時おり長門屋にお顔をお出しになっては、釣り談義などしてお帰りになられます……」

どこそこで、沙魚《はぜ》が何尾あがった、あそこの澪《みお》は、この頃鱚残魚《キス》がよく釣れる、あそこの釣り場は荒れたな——などという会話を六右衛門としながら、加山十三郎が釣り道具の新しい工夫の話などをしてゆく。

それが、斬新《ざんしん》で、おもしろい。

十三郎が話していったことを、実際に道具にして、試し、具合がいいので売りに出したら、これが売れた。

以来、十三郎が考えた工夫を、商品にして売り、そのあがりの何割かを十三郎にまわすという流れができあがった。

「実は、懐中振出し竿も、もとは十三郎さまの発案なさったことでござります」

そう言ってから、長門屋六右衛門は、玄嶺老人こと加山十三郎のことを語りはじめたのであった。

三

「それならば、頼みがある」

加山十三郎は、声を小さくして、やや前かがみになって、長門屋六右衛門に顔を寄せた。

「何でござりましょう」

「実はな、さきほど何もないと言うたは嘘《うそ》じゃ」

「嘘？」

「実は、ある」

白状すると、十三郎の顔に、それまで隠れていた疲れが浮きあがってきた。

歳は、五十を少し過ぎたくらいで、あまり六右衛門とかわらない。しかし、髪に混ざる白いものは、六右衛門より多く、その分齢以上に老《ふ》けて見える。

「夜になるとな、出るのじゃ……」

十三郎は、さらに声を低くした。

「何が、でござりましょう」

「幽鬼《ゆうき》じゃ。いや、幽霊と言うたがよかろう。生《い》き霊《りょう》かとも思わぬでもないが、何しろ、首がない――」

「首が？」

「ない」

十三郎が、顎《あご》を引いてうなずく。

「首がないので、男の幽霊であるか女の幽霊かわからぬと言えばわからぬのだが、まあ、男であろう。というのは、胸も膨《ふく》らんでおらず、着ているものも男のものだからな――」

「どのようなものを着ているので……」

「寝巻きじゃ」

「寝巻きでござりますか」

「うむ」

「それで……」

「そいつの袖《そで》から出ている腕や手を見たところ、皺《しわ》もあれば、染《しみ》もある。そこそこ齢のいった男というのが、わしの見たてじゃ」

「出るというのは、どのような時にでござります？」

「夜、眠っているとな、眼が覚めるのじゃ……」

十三郎は言った。


夜——

眠っていると、身体が寒くなる。

掛けた夜着の間から、冷たい風が入り込んでくるようである。眠りながらも、首回りの透き間を夜着でふさぎ、冷たい風の侵入をふせいでいるつもりなのに、夜着と身体との間を、冷たい風が吹いているようである。

夏でも同じである。

暑くて寝苦しいはずなのに、眠っていると寒さを感ずるのである。

半年ほど前のある時——

それで、夜半に眼を覚ました。

ひやひやと冷たい風を感じていたはずなのに、身体中に寝汗をかいていた。

なんとも、奇妙なと思った時、ふと何かの気配を感じて、右の枕元を見た。

そこに、人が座していた。

畳の上に正座をして、両手を膝の上にのせ、誰かがこちらを向いているようなのである。

まだ、半分、眠っている。

その半分眠った頭で考える。

誰か。

夜であり、灯《あか》りはむろん、消している。

だから、人が座していても見えぬはずなのに、そこに人が見える。白い、寝巻きらしきものを着て、凝《じ》っとこちらを見ているようなのである。

しかし、何か、妙であった。

肩が大きく持ちあがっているような、座しているにしても、背が低すぎるような……


と、思った途端に、ぎょっとなった。

その座した人物の肩の上、両肩の間に首がなかったのである。

よく見れば、着ているものの両肩から胸にかけて、黒い染のようなものが見える。

何か。

血である。

そう思った瞬間、恐くなって、

「わっ」

と、声をあげて上体を起こした。

すると、さっきまで、その首のないもの、、がいたはずの枕元から、その姿が消えていたのである。

気のせいかと思って、その晩は、そのまま眠ってしまった。

しかし——

五日ほど過ぎた晩、またもや同じことが起こって、夜に眼を覚ましたら、あの白い寝巻きを着た男が、枕元に座しているのである。

座して、十三郎を見つめているのである。

首がない——つまり、眼がないのに、それが、自分を凝っと見つめているようなのである。見つめられているようなのである。

「わっ」

と、声をあげると、それはいなくなった。

それから、眼を覚ますと、いつもそれが枕元に座しているのである。

ただ、害をなそうというのでもなく、それ以上の何かをしようというわけでもない。

ただいる。

そして、何かを訴えるように、十三郎を見つめているのである。

起きるか大きな声をあげるかすると、消える。

ある時、寝たまま、そっと声をかけた。

「わたしに、何か、恨《うら》みのことでもあるのかね……」

低い、静かな声で言うと、それは消えなかった。

消えなかったが、答えはない。

首がなく、口がないから答えようもない。

いったい、どういう恨みか。

心あたりを考えるのだが、それがわからない。

覚えがない。

せめて、顔でもわかればと思うのだが、そのかんじんの顔——首がないのである。

腕や、手を見れば、ある程度齢のいった男であるとの見当はつくのだが、しかし、それが誰であるのかということまではわからない。


「まあ、それが、この半年続いているのだ」

と、十三郎は、六右衛門に言った。

「これまで、このこと、どなたかにお話しになりましたか？」

六右衛門が問う。

「いいや、話してない」

妻はもう、四年前に世を去り、ひとり娘も他家に嫁《とつ》いでいる。通いの使用人がいるが、その使用人にも話はしていないという。

「そなたがはじめてじゃ」

加山十三郎がそう言ったところで、

「で、頼みというのは何でござりましょう」

もとのところへたちかえった。

「今、そなた、人形町の遊斎殿のところへゆくと言うていたな」

「ええ。お知り合いですか」

「いや、知り合いではないが、噂は耳にしたことがある」

「どのような」

「遊斎殿、さまざまの不思議のことに通じておるそうじゃ」

「不思議のこと？」

「鬼であるとか、化物であるとか、たとえば、今、このわたしが出会うているような不思議のことじゃ」

「幽霊？」

「まあ、噂じゃ」

「それで？」

「ゆくのならば、このわたしの枕元に夜な夜な現われる首無しの幽霊のことを、なんとかしてくれぬかと頼んでみてほしいのじゃ。もちろん、金は払う。蓄えがあるわけではないので、多くは払えぬが、ただで何とかしてくれと言うているわけではない——」

　十三郎は、六右衛門に頭を下げ、

「頼む」

　そう言ったのであった。

四

　遊斎、背筋を伸ばして、畳の上に端座している。

　遊斎の前には、疲れた顔の、加山十三郎が、床間《とこのま》を背にして座している。

　遊斎の後ろに、長門屋六右衛門が肩を丸めるようにして座り、ふたりを見つめている。

　今しがた、六右衛門がふたりをそれぞれ相手に紹介し終えて、少し退《さ》がったところであった。

「すでに、長門屋さんから話をうかがっているのですが、あらためて、ひと通りのことをお聞かせいただけますか――」

　遊斎が言う。

「では――」

と、十三郎が語ったのは、話す順序に多少の前後はあるものの、おおむね遊斎が六右衛門から耳にしていることであった。

しかし、それは、訊ねることがもうないということではない。

「このこと、半年ほど前からおこったとうかがいましたが、その頃、何かござりましたか——」

「はて、何かと申しましても、特別に何かというほどのことは……」

「何でもよろしいのです」

「特に、病気もいたしませんし、身内や知人に不幸があったということもありません。強《し》いて言うなら、鉄砲洲《てつぽうず》で、沙魚を一束《いつそく》ほど釣ったくらいで……」

一束——つまり、沙魚を百尾釣ったということである。

「ああ、そうです。釣りのことで言えばもうひとつ。ちょうどその頃、遊斎先生もごらんになった『漁人道知邊』が、おかげさまで三度、版を重ねましたが……」

「三度、版を——」

「はい」

遊斎、十三郎の返事を受けて、瞼《まぶた》を一瞬閉じ、赤い眸を隠した。

すぐにまた赤い眸が現れて、十三郎を見た。

「たしか、この『漁人道知邊』、『何羨録』を下地にしたもので、多くをそこから写しておられましたね」

「ええ」

「その『何羨録』、いったいどのようにして、手に入れました」

「『何羨録』の名前が出るくらいなら、御存知かと思われますが、この書、わたしの『漁人道知邊』のように、版木に字を彫って、刷り、作られたものではござりませぬ」

「そうですね」

「『何羨録』を書かれたのは、津軽弘前《ひろさき》藩の黒石四千石の三代目領主、津軽采女政兕《まさたけ》さまというお方でござります」

「五十年近く前、采女さまが江戸詰をされていた頃、書かれたものですね」

「はい」

十三郎はうなずき、

「それを、兼松《かねまつ》さまと申される方から、お借りいたしました」

遊斎を見やった。

〝お借りいたしました〟

と、十三郎が言ったのは、その『何羨録』が、手書きの本だからである。

基本的に、この世に一冊しかない本ということになる。

読みたければ、所有者から借りるしかなく、手に入れたければ、その一冊しかない本を買いとるか、借り受けて書き写すしかない。

比べて『漁人道知邊』は、字が彫られた版木から印刷されたものであり、何冊でも刷った分だけこの世に同じものがあることになる。

「それは、これではありませんか――」

遊斎が、懐から、その『何羨録』を取り出した。

「ああ、それです。間違いありません。しかし、どうしてそれを？」

「兼松さまから半月ほど前にお借りしたものです。兼松さまは、代々津軽家にお仕えしている家の方で、先祖の兼松伴太夫《ともだゆう》さま、江戸で采女さまに家臣としてお仕えしていたそうですね」

「そのようにうかがっております」

「采女さまの書かれた『何羨録』を、伴太夫さまが写して、家宝として代々伝えたものと思われます」

「それを、兼松さまがお持ちであることをどうして――」

「この頃、釣りをするようになりましてね。それで、あなたの『漁人道知邊』を読んで、それがおもしろかったので、他に釣りの指南本はないかと捜していたところ、兼松さまが、そういう本をお持ちであることを知りまして、お願いして借り受けたものです。本に記されてはおりませんが、書の中の絵は、いずれも絵師の英一蝶《はなぶさいっちょう》の手であると聞きました」

「で、ごらんになった？」

「ええ。それで、『漁人道知邊』が、『何羨録』を下敷にしたものとわかったのです」

「しかし、それが、何か――」

「『何羨録』をお書きになった津軽采女さま、最初の奥さまは、あぐりさまという方だったそうですね」

「そうでしたか。そこまではわたしも知りませんでしたが……」

「あぐりさま、米沢《よねざわ》十五万石の当時の城主、上杉弾正大弼綱憲《うえすぎだんじょうだいひつつなのり》さまの養女ということですが、その実父がどなたか御存知ですか――」

「いいえ。どなたなのです」

「元禄《げんろく》の頃、赤穂《あこう》の浪人四十七士に討《う》たれた吉良《きら》さまですよ」

「え!?」

「吉良上野介義央《こうずけのすけよしなか》、赤穂浪士に首を打たれたあの方が、采女さまの義父ということです――」

もちろん、赤穂事件のことなら、十三郎も知っている。

有名な事件であり、芝居にもなって、今もその芝居はたびたび板にのる。

「采女さま、吉良さまが討たれた朝、現場に駆けつけておられますね」

その現場、斬られた人の手足があちこちに散らばり、凄惨《せいさん》なありさまであったという。

「後年、伴太夫さまが、兼松さまに何度も語っていたということですが、采女さま、何度か吉良さまを誘って釣りに出かけたこともあったそうですね」

十三郎は言った。

「ああ、そんなことが――」

「もともと、お仲がよろしかったようで、采女さまが足を悪くされてお城勤めをやめた時には、たいそう心配なさっていたようです――」

「え、ええ」

「吉良さま、鱠残魚釣りが気に入ったようで、御自分で考案された鉤を、だれかに作らせたりもしたようで――」

「はい……」

「さすがに、御自分の名で世に出すのは恥ずかしいからと、一文字だけ残して別のお名前を使われたそうですね」

「それが、何か？」

何故、遊斎がこういう話をするのか、十三郎にはわからない。

「たしかめてみましょう」

遊斎は、言った。

「何をたしかめるのです」

「わたしの思うに、『漁人道知邊』の三刷があやしい」

にいっ、と遊斎が嗤《わら》った。

「な……」

言われても、十三郎には、何が何やらわからない。

「『漁人道知邊』の三刷はありますか――」

「あ、ありますが……」

「それを持ってきていただけますか――」

「は、はい」

慌てて十三郎は立ちあがり、すぐに『漁人道知邊』の三刷を持って、もどってきた。

「これでございます」

「では――」

と、遊斎は『漁人道知邊』と『何羨録』を膝先の畳の上に置き、それを交互に読みすすめていった。

それを、十三郎と六右衛門が、上から覗き込んでいる。

しばしの刻が過ぎて、

「ははあ、これですね」

遊斎が、指で、『何羨録』のある場所を示した。

そこに、

「鉤之圖《ず》大概」

とあって、様々な鉤の図が描かれていた。

「高木善宗流、きす鉤」とか、「阿久澤彌太夫きす鉤」とか、「佐藤永無流、きすかれいに用ゆ」などと、その鉤の図の下に書かれている。

その鉤を、誰が考案したか、どういう魚にその鉤を用いるのか、ということが記されている。

遊斎が指で示していたのは、ある鉤の図の下に書かれた文字であった。

その指の先に、

「水木吉兵衛流、きす鉤」

とあった。

十三郎と、六右衛門がそれを確認すると、

「ではこちらを――」

遊斎の指が、『漁人道知邊』の方に移動した。

その指が示したのは、『何羨録』の「水木吉兵衛流、きす鉤」に対応する箇所であった。

そこに、

「水木凵兵衛流、きす鉤」

とあった。

「おわかりですか」

遊斎が言った。

「こ、これが、何か……」

「この字が欠けているところでしょうか……」

十三郎と、六右衛門が、何やらまだわからぬ顔で、遊斎を見た。

「水木吉兵衛の吉の字が、欠けております」

遊斎は、ふたりを見やり、

「吉良さまの、一番上の、言うなれば首にあたる吉の字が欠けて、吉と読めなくなっております。三刷のおりにどこかにぶつけたか、何かの具合でここが欠けて失くなったものでしょう。これをなおして、四刷の本を出せば、おそらく吉良さまの幽霊は現われなくなるでしょう」

「で、では、水木吉兵衛というのは、吉良さまの……」

十三郎が声をあげる。

「おそらく、別名でしょう。吉良さまの吉の字のある名前は、この水木吉兵衛しかおりませんので――」

遊斎は、白い歯を見せ、赤い眸を細めて、そう言った。

五

言われた通りにすると、はたして、夜な夜な加山十三郎の枕元に現われていた幽霊は出なくなった。

いや、一度だけ、出た。

四刷、四度目の『漁人道知邊』が出た日の晩に、件《くだん》の幽霊が現われた。

これまでと違っていたのは、その幽霊には首があったことだ。

白髪の老人の顔が、そこにあって、ちょうど首が、きちんと縫われて繋がっていたという。

吉良の首は、赤穂浪士たちに泉岳寺《せんがくじ》まで持ってゆかれ、浅野家の墓の前にしばらくさらされた後、吉良家に返された。

その首は、縫われて胴と繋げられ、その後、きちんと葬《ほうむ》られたという。

十三郎の元に現われた幽霊、

「いや、ありがたいことじゃ。ありがたいことじゃ……」

そうつぶやいて、ふっ、と消えたという。

冥土の契り

長浦京

一

暗い土間の先の戸を静かに滑らせ、不破数右衛門正種《ふわかずえもんまさたね》は死への一歩を踏み出した。重なる軒《のき》の隙間《すきま》から、月の光が射し込む。吐く息が照らされ、その澄んだ輝きに緊張が湧き上がったが、恐怖は感じない。

恐ろしさなど、昨日積もった雪のように、とうに溶けて流れ、消えてしまった。

本所徳右衛門町《ほんじょとくえもんちょう》一丁目の路地から、二丁目の路地へ。表通りや辻番の近くを避け、暗く細い道を進む。一歩ごとに、草鞋《わらじ》を透かし地面の冷たさがしんと伝わってくる。

右に左に曲がりながら行く先には、幸運も不運も、大義《たいぎ》もない。ただ負うた義理を消し去るため、この道を進み、壊し、斬り、首級を挙げ、そしてこの身も死して終わるのみ。

道の奥に同志の背が見えてきた。小袖《こそで》の両袖口に白い一本の線が入り、他は頭巾《ずきん》から足袋《たび》までがすべて黒い。その白線だけが闇のなかで揺れている。

うしろからも足音が近づいてきた。振り向く必要はない。軽やかに間断なく響く足音を聞けば、同志の勝田《かつだ》（新左衛門《しんざえもん》武尭《たけたか》）とわかる。だが、勝田は事前の取り決めよりもずっと距離を詰め、やがて並んだ。

しばし肩を並べて進む。月明かりのなか、ふたりの草鞋の音が絡み合う。

「信じてはおらぬ」前を見たまま勝田が小さくいった。

数右衛門も視線を向けずに小さく頷いた。

勝田が歩を緩め、また背後へと下がってゆく――数右衛門より十も若いその男からは、かすかな殺意さえ感じ取れた。

勝田だけではなく、同志の多くが同じ心持ちなのだろう。まだどこかで裏切りを疑っている。吉良《きら》邸より一番離れた集い場所である杉野《すぎの》（十平次次房《じゅうへいじつぎふさ》）宅に配されたのも、それだけ自分が信用されていないからだ。

気にしてはいない。

――俺自身も今ここにいることが半ば信じられない。

胸の内でつぶやいた。

二《ふた》ツ目之《めの》橋を渡り、竪川《たてかわ》沿いに相生町《あいおいちょう》四丁目に入った。同じ黒装束の男たちが、長く間を取りながら列になって進む。吉良邸間近の前原《まえばら》（伊助宗房《いすけむねふさ》）が営む米屋まであとわずか。そこで四十七人顔を揃え、武器を受け取る手筈《てはず》になっている。

数右衛門は汗ばむ手を握り締めた。


一年八ヵ月前――

元禄《げんろく》十四（一七〇二）年五月。

数右衛門は草加《そうか》の外れの屋敷にいた。右隣に座るのは、今の雇い主である日垣屋郡兵衛《ひがきやぐんべえ》、左隣にはいつも仕事で組んでいる仲間ふたり。

待合に使われている板間には、他にも順番を待つ年寄りや親子連れが四組。障子《しょうじ》は大きく開け放たれ、曇《くも》り空が見えた。庭を渡って梅雨《つゆ》時の湿った風が吹き込んでくる。

そこは天眼《てんがん》の比女《ひめ》様と呼ばれる法力《ほうりき》持ちの住まいだった。

比女とはいっても三十過ぎの年増《としま》女で、夫とふたりの娘がいるという。その力は確かで、人に見えぬものを見通し、多くの者に「しるべ」という指南の言葉を与えている。数右衛門たちも、その指南がほしくて、仕事を休み、江戸市中から草加までやってきた。

布施《ふせ》という名目の見料は二朱。安くはない。こんな女法師の館《やかた》は寺社方や近隣の寺に潰されてもおかしくないが、いくつもの大名家や旗本《はたもと》家から厚く信頼されている上、得た金のほとんどを寺社に寄進という名で上納しているので、目こぼしを受けているという。

長く待ったあと、使用人に呼ばれ、奥の間に通された。数右衛門たちは、上座の比女様の前に並んで座った。

「白くぼんやりしたのが、二階への上がりっ口のとこに立ってたんで」日垣屋郡兵衛が代表していったあと、確かめるように隣の数右衛門を見た。数右衛門も頷く。

「信じられねえでしょうが、真っこと本当で」

冷やかしでも見間違いでもないと郡兵衛は強調した。

うそはないと、この比女様にはわかっているのだろう。地味な木綿《もめん》の着物と白羽織《しろばおり》を身につけた丸顔の女は、四人の緊張をほどいてゆくような笑顔を見せた。

「確かに商売柄、ときには刃《やっぱ》を見せつけることもございます」

郡兵衛がさらに説明する。

「けれども、こっちから襲って奪うような、そんな山賊夜盗の真似は、断じてしたことはございません」

四年前、赤穂藩を追われ浪人の身に落ちた不破数右衛門は、妻を離縁し実家に戻し、ふたりの子を実姉の嫁ぎ先に預けると、ひとり江戸へ向かった。国元では「不破は短気で粗暴」という風評を流され、暮らし辛く仕事も見つからなかった。

江戸も浪人がたやすく移り住める町ではない。幕府通達により、職がなければ住居を借りるのも難しく、素性《すじょう》の知れぬ新参者を町人たちは嫌う。

それでも江戸に出たのは、郡兵衛がいたからだった。

四つ上のこの男とは、かつての参勤同行の折りに知人を介して出会った。番手元締《ばんてもとじ》めを生業《なりわい》とする日垣屋の三代目で、自身も手下とともに関八州を巡っていた。番手とは馬廻りのような警護役だが、守るのは人ではなく品物で、大店《おおだな》の依頼により、外来の古墨《こぼく》や青金石《せいきんせき》（ラピスラズリ）、銀工芸、大量の金箔、為替《かわせ》などを遠方とやり取りするときに同行する。

武士と町人の違いはあるが、互いに偽《いつわ》ったり言葉を選ぶのが嫌いな質《たち》で馬が合った。親しくつきあい、困りごとがあれば頼ってくれと約束し合うほど深い仲となった。

その契《ちぎ》りを数右衛門は信じていた。

郡兵衛は元締めとして深川《ふかがわ》、木場《きば》の名主たちに信頼され、同心にも顔が利く。そして期待通り、頼ってきた友を快《こころよ》く迎え、住処《すみか》を紹介し、雇い入れてくれた。深く感謝した。この恩には命を懸けて報いようと誓った。

番手の仕事は見当していた以上に危うく厳しく、はじめは惨《みじ》めに感じたこともあったが、同僚には藩士の身分を失った者も多く、続けるうちに馴染《なじ》んできた。

元締めの郡兵衛の目利きは確かで、気の弱い者や悪心を抱く連中は、すぐにはじかれ、意外なほどに心根の良い奴が多い。今では仲間への情も湧き、この仕事が少し気に入ってもいる。

だが、三ヵ月ほど前から怪異が起きはじめた。

仕事で郡兵衛や仲間と山中を進んでいると、何やら気配がする。振り向くと、木立《こだち》の奥に、霧のように白くぼんやりとした人のかたちが立っていた。目だけが赤黒く澱《よど》み、明らかにこちらを見ている。ただ、害を与える様子はなかったので、一行は急ぎその場を離れた。しかし、その後も人のかたちは朝となく昼となく、町中の物陰や野道の草陰に佇《たたず》み、数右衛門たちは何度も異形《いぎよう》を見ることとなった。

そして五日前、白い姿は中仙道浦和《なかせんどううらわ》宿の旅籠《はたご》にも現れた。大仕事を終えて酒にありつこうとしていた一同に、はじめてカラカラと鈴の鳴るような声で話しかけ、それからにじり寄ってきた。数右衛門が刀を抜いて待ち構えたが、その様子を見た飯盛り女が悲鳴を上げると、異形はふっと消えてしまった。

「何と申しておりましたか」比女様が訊《き》く。

「意味を汲《く》み取る前に消えちまいまして」

「そうですか」

比女様は薄目になり、四人を端から順に眺めていった。数右衛門も自然と目を閉じ、正座のまま深く頭を下げた。

四人とも、妖怪変化の類いには少しばかり慣れている。

秩父《ちちぶ》では尾が二股の狐に道を惑わされ、浅間山《あさまやま》では才槌頭《さいづちあたま》の大猿に追いかけられた。数右衛門たちに限らず、生業で各地を巡っている者なら、多かれ少なかれ身に覚えがあることだった。だが、妖怪どもは必ず山や谷にいて、人里や町などには出てこない。ましてや話しかけてくることなどない。

此度《こたび》の異形は、それらのものと明らかに違っていた。

「さて……嫉《ねた》みや邪心でつきまとっているのではないようです」比女様が口を開いた。「ただ、悪いものとはいえませぬが、良いものともいえません」

「では何でございましょう」郡兵衛が訊く。残り三人も頭を上げる。

「皆様にはもう心当たりがございましょう」

男四人は黙ったまま視線を落とした。

「いえ、無理に今ここで語る必要はございません。遠からずそのものは、また皆さんの前に立ち、何がしかを示すはず。そうしたら、またここにいらっしゃるのがよろしいでしょう」


その晩、数右衛門たちは草加宿の同人房《どうじんぼう》（同業者のための簡易宿）に入った。湯屋《ゆや》から戻ると、比女様の先見（予言）通り、混濁した霧のような人のかたちが現れ、右手を上げて真っすぐ数右衛門を指した。

四人が黙って指先を睨《にら》んでいると、異形はいった――

「正種頼む」

前回のような鈴の音と違い、かすれてはいるが間違いなく人の声だった。

名を呼ばれた数右衛門は無意識に腰の物に手をかけたが、ちょうど相部屋の若いふたりが入ってきた。抜こうと構える姿を見て、ひとりが声を上げ、もうひとりが持っていた煙草盆《たばこぼん》を投げつけると、部屋中に灰が広がり、異形も散りぢりになり消えてしまった。

しかし、騒ぎは収まらず、異形が出たと聞いた野次馬が押し掛け、宿役人までやってきた。四人は灰まみれのまま問屋場《といやば》で検分を受けるはめになった。

二

夜が明けると、郡兵衛ら三人は数右衛門だけを残し、早々に江戸市中へと戻っていった。見捨てたわけではない。三人の気遣《きづか》いは数右衛門にもわかっている。ひとりまた天眼の比女様の屋敷に向かい、昼過ぎに面会した。

「おわかりになりましたか」

数右衛門が「はい」と答えると、比女様は手を叩き、昨日は出なかった茶のようなものが運ばれてきた。湯気が香ばしい。煎《い》った黒豆と昆布を粉にしたものが入っているという。じっくりお話ししましょうという比女様の気遣いだった。

数右衛門は身の上を語りはじめた。


生まれは播磨《はりま》国赤穂《あこう》郡。赤穂藩士岡野《おかの》家の長男であり、元服し岡野又右衛門《またえもん》久長と名乗った。二十歳のとき、病弱だった先代不破数右衛門に実直な態度を気に入られ、養子に迎えられるとともに、同じ赤穂藩士村松《むらまつ》家の娘くにを娶《めと》る。婚礼から半年、くにの懐妊を聞いた先代が安堵したように亡くなると、その名を継いで不破数右衛門正種となった。

御役は馬廻り、浜辺《はまべ》奉行《ぶぎょう》。知行は百石。常に公平公正を心がけて勤めた。己は謹厳で正しいと思いながら生きていた。だが、そう思っていたのは己ひとりだけだった。

同僚、部下の小さな不正や不手際《ふてぎわ》も漏らさず上申したことで、多くから恨まれた。商家からの付け届けは儀礼として受け取ったものの、藩札発行の際に請負《うけおい》商人から一部藩士に贈られる礼金は、賄賂《わいろ》だとして突き返した。遊里《ゆうり》や料理茶屋での接待も断った。愚者、偏屈と陰でいわれるだけでなく、上司から和を乱す手余者《てあましもの》と同僚たちの面前で咎《とが》められたこともあった。しかし、信じるものを曲げず、うそと卑怯《ひきょう》を許さず、正しさを貫こうとした。

それゆえに嫌われ、陥《おとしい》れられた。

あるとき赤穂の不破家屋敷に勤めていた奉公人を斬った。屋敷の金品だけでなく、同僚たちが貯めていたわずかな銭にも手を出していた男で、その罪自体は確かな証拠もあり、間違いなかった。奉公に入るときの覚書《おぼえがき》にも、盗みは「吟味《ぎんみ》の上、御成敗《ごせいばい》」とある。

だが、数名の上級藩士から「故なき殺生、重大なる乱暴狼藉《ろうぜき》」として告発された。

それればかりか、埋めたばかりの遺体を墓から掘り起こし、試し斬りをしただの、泥酔して同僚を激しく殴打しただのと、覚えなき罪が重ねられ、不遜不忠の乱気者《らんきもの》に仕立て上げられていった。弁明も書状提出による機会が一度与えられただけで、末席家老大野九郎兵衛知房《おおのくろべえともふさ》により一ヵ月の閉門が申し付けられた。

当然、抗議した。実父の岡野治太夫正治《じだゆうまさはる》も同調してくれた。しかし、抗議したことで、「反省なく無礼至極」と誹《そし》られた上、罪を認めての百日間の蟄居《ちっきょ》か、認めずに改易かを選べと迫られた。

数右衛門は蟄居を選べなかった。選んだところで、ここまで嫌われているとわかった以上、もう藩内に身の置き場がないことも悟った。実父も連座し、浪人の身分に落ちた。

参勤で江戸にいた赤穂藩主浅野長矩《あさのながのり》は、江戸家老より不破家改易の許可を求められると、考えもせず、即座に「それでよし」といったという。伝聞ではあるが、江戸藩邸に詰めていた数少ない友が教えてくれたことで、間違いないだろう。

利口だが女色に溺れる怠け者、数右衛門は長矩を当時からそう感じ、殊《こと》に崇《あが》めることも恨《うら》むこともなかった。長矩は赤穂藩にとってただの飾りだった。

そのかつての主君が、異形となって目の前に現れた。

「やはり浅野様でございましたか」比女様がいった。

「何度もお声を聞いたことがございます。今も忘れてはおりません」数右衛門は茶碗の中身を一口飲んで続けた。「比女様も昨日からおわかりになっていたのですね」

「はい」

元家臣が覚えているのは当然だが、あの長矩が死後も会いに来るほど自分を覚えているとは思えなかった。正直、来てほしくない。もう一度会いたい気持ちなど微塵《みじん》もなかった。

「郡兵衛殿らも気づいておりました。そうと認めたくない拙者のために、わざわざこちらまで連れ立ってくれたのでしょう」

「良いお仲間をお持ちですね」

数右衛門は頷いた。「でも、いまさら何故」

「あなたのお仕事の技量を使わせていただきたいようです」

少し黙ったあと、数右衛門は視線を落とし、嫌な顔をして口を開いた。

「人斬りの腕でございますか」

比女様が頷く。

「それに、あなたのお名前もあるようです」

不破という勝機を呼び込む姓をいっているのだろう。

——おまえの技と運を使い、この私の未練を成就させよ。

あの異形はそう訴えている。

「亡霊も験《げん》を担《かつ》ぐのですか」呆れながら訊いた。

「数あるなかには担ぐものもあるかもしれません。はっきりとはわかりませせぬが」

「比女様でもわからぬことがありますすか」

「知らぬことばかりです。憑《つ》いているものが伝え切れずにいる思いや願いを、言葉を探して代わりに伝え、断てぬ未練を、どうにか埋めて差し上げる。私にできることは、それのみですから」

「やはり憑き物なのですね」

「はい」

「今もいるのですか」

「少し離れたうしろに、影のように」

「ならば回りくどいことをせず、その力で取り殺せばよいものを」

「あちらのお殿様は諸国から玉石混淆《ぎょくせきこんこう》数多くの法師、行者《ぎょうじゃ》を集めているようですよ。

ふた月ほど前、ここにも江戸から遣いの方がいらっしゃいました」

数右衛門もうわさで聞いたことがある。吉良家は刀槍への守りだけでなく、呪詛《じゅそ》への護りもなりふり構わず固めていると。どうやらあの異形は力をはじき返されているらしい。

――直《じか》に呪《のろ》えぬからといって、他人を巻き込むとは。

「憑き物は、今どんな顔をしておりますか」背後を一度見て訊いた。

「表情はありません。ただ混沌《こんとん》として、そこにおります。むしろ今のあなたのほうが、私などよりはっきりと表情を見て取れ、思いを感じ取れるのでは」

「見たくも感じたくもありません。払って消し去ってはいただけませぬか」

「その技量は持ち合わせてはおりませんし、持つ者でも今はまだ難しいでしょう。あなたに願いを請うているだけですから。この先、願いを断ったのを逆恨みして祟《たた》ろうとするなら、払うこともできましょうけれど」

「何もせずそこにいるだけのものに、手出しはできぬと」

「ええ」

「ですが、願いを受ける気などございません。こたえがわかったのだから、とっとと退散していただきたい」

「あちらは、必ずやあなたが受けてくれると信じているようですが」

比女様は言葉を一度止め、数右衛門の目を見て、また続けた。

「昨日も申したように、今はまだ良いものでも悪いものでもありません。吉凶益害は、いずれあなた自身が選び、決めることになるでしょう」

「それが拙者への『しるべ』――ご助言でございましょうか」

「はい」

帰り際、使用人に布施の二朱を差し出したが、「すでに昨日いただいております」と受け取らなかった。

そのまま草加を立ち、江戸市中へと向かった。

――勝手なことを。

腹が立った。

三

御城（江戸城）内での浅野長矩の所行《しょぎょう》をはじめて知ったとき、数右衛門はかつての主君を本物の阿呆《あほう》と思った。

あの日のことは今も忘れない。消えぬ不快な染みのように胸の内にこびりついている。

下総成田《しもうさなりた》への荷に付き添う仕事を終え、仲間とともに江戸市中に戻り、日垣屋の番手詰所に報告に寄ると、赤穂藩士礒貝十郎左衛門正久《いそがいじゅうろうざえもんまさひさ》の遣いと名乗る者が待っていた。

そこで長矩の殿中での刃傷《にんじょう》、切腹、赤穂藩上屋敷の明け渡しなどを詳しく聞かされ、遣いの者に礒貝の元に同行するよう乞われた。はじめは断った。もう何の縁もない。だが、郡兵衛らに強く説得され、仕方なく向かった。

蕎麦《そば》屋の奥で人目を避け顔を合わせると、今後しばらく御上《おかみ》（幕府）の監視が貴殿にもつくので注意せよといわれた。先走って決起や徒党などの動きをすれば、たちまち御縄にかけられ、赤穂藩の行く末にも害となるという。

そんな気は毛頭ないと伝えた。何をしようと浅野家は改易、藩は取り潰しだと思ったが、それは黙っていた。

長矩が討ち損じた吉良左近義央《きらさこんよしひさ》は、高家《こうけ》のなまくらな年寄り。何度も斬りつける間があるなら、なぜ腰を据えて胴を突かぬのか。背から腸《はらわた》へと貫けば、吉良はその場で息絶え、長矩も未練なく腹を斬って死ねたろうに。

刃傷当日、吉良は幕府老中を含む一同の前で長矩の不手際を責めたという。

「万事不自由で、元よりいうべからず（すべてが不出来で、話にならない）」

このような侮蔑《ぶべつ》を殿中で受けたら、相手を斬るか、自身の腹を斬るしかない。それが武士の常。大名でも旗本でも諸国藩士でも変わらない。だが、吉良は若くて世を知らぬ長矩に、どちらも選ぶ度胸はないと見くびっていたのだろう。

思い上がった年寄りと、刀もまともに扱えぬ若造の揉《も》め事。そう、これはただの喧嘩だ。

もう会うこともないと儀貝に言い残し、立ち上がった。その手に儀貝が住所を書き付けた紙をねじ込んだ。「いらぬ」といったが、「何かのときに」と譲らない。

しかたなく書き付けを握ったまま、蕎麦屋を出た――

数右衛門は日光《にっこう》街道を上ってゆく。草加宿から住まいのある深川までは六里（約二四キロメートル）ほど。夜までには十分帰れる。

千住《せんじゅ》宿を抜ける直前、脇道の先から子供の唄が聞こえてきた。

〈とんぼ追おうか　石以《も》て打とか〉

軽やかに楽しげに唄う声が、ふいに野太い男のものに変わった。

〈息子可愛いか　気がかりか　女房のことも心配か　ならば瘴根《しょうね》を絶ってやろう〉

数右衛門は声を追って脇道に駆け込んだ。

〈聞こえているか　数右衛門　望むならば絶ってやろう〉

子供たちの背が見える。男の太くしわがれた声で唄っている。

「おい」その背に強く叫んだ。

振り向いた子供たちの笑顔が、数右衛門の形相を見てこわばり、引きつってゆく。

路地には他に男の姿などない。あの白い霞《かすみ》のような異形も見えない。

「いや、何でもない」数右衛門は目を伏せた。「悪かったな」怯《おび》えたままの子供たちにひと言残すと、逃げるようにその場を離れ、また日光街道を急いだ。

——弱みも知られている。

数右衛門は思った。

赤穂の元藩士が吉良義央を狙っているのは江戸市中では周知のことだった。武家だけでなく町人までもが、湯屋や髪床で臆することなく、それはいつかと噂し合っている。

吉良家も面目をかけて討たせぬよう備えている。その日が来れば、激しい斬り合い殺し合いになるだろう。

だが、元藩士のなかに本物の斬り合いの覚えのある者はほとんどいない。生身の人を斬る手応えを知るのは、堀部《ほりべ》（安兵衛《やすべえ》）武庸《たけつね》ぐらいだろう。道場剣術の達者は多くても、本物の刃を、槍先を、命を懸けて他人と交えたことのある者はいないのではないか。

――だからあの異形は自分の前に現れた。

これまで仕事で、数右衛門は何度か人を斬ってきた。脅しだけでなく、殺気をもって刃を向けてくる連中と立ち合い、退けてきた。だから今も生きている。

斬った連中がどうなったか、詳しくは知らない。逃げたり、泣いて命乞いをした者たちは見逃してやったので、たぶん今も生きているだろう。斬り殺した者も四人ほどいるし、斬ったのちに呻《うめ》いているのを、その場に置き去りにしてきたこともある。

——それほどにこの技量がほしいのか。こんなものが……

浅野長矩の未練の深さを、執着の大きさを知った。

日光街道から御蔵前《おくらまえ》を抜け、夕暮れの混み合う両国橋《りょうごく》を渡ったころ。

道に並ぶ店々の提灯《ちょうちん》に火が入ってゆく。

人通りが途切れたあたり、酒屋の店脇に積まれた空樽の陰でがさりと何か動いた。

暗がりに目を遣り、刀の柄《つか》に手をかける。

闇のなかから「ひっ」と震える声が聞こえ、乞食男が顔を出した。

やつれている。食うや食わずのやつれ方とは違い、目が窪み、半ば怒って見える。

気を病んでいる顔だった。

「不破……様ですね」声も怒っている。「いいですか、お伝えしますぜ」

数右衛門のすぐ前に立った。

〈呪いもせぬ　祟りもせぬ　ただ待っておる　時が来たなら呼ぶがいい〉

乞食の声が一瞬別のものに変わり、すぐに戻った。

「ちゃんと伝えたぞ、ちくしょう。もう出てくんな、消えやがれ」視線は数右衛門の顔を通り越し、ずっとうしろの何かに向けられている。

「おまえは――」訊ねようとする数右衛門を、乞食が制した。

「聞きたかねえ。八日も寝させてもらえず待ったんだ。またこんな目に遭ったら、あんたを殺して、おいらも死ぬ」

あとずさりながら早口でいうと、背を向け、逃げていった。

――待っているだと。

怒りが込み上げてきた。

――これを憑いたといわずして、何というのか。

怒りはすぐに憎しみへと変わった。

腫《は》れ物のように膨《ふく》れてゆく憎しみを抱え、深川へと着いた。永代橋《えいたいばし》の近く、相川町《あいかわちょう》。自宅長屋の戸を開くと女が出迎えた。名はたえ、数右衛門よりは年下だが、若くはない。ゴザ敷きの上の布団では子供が眠っている。数右衛門の幼名から採り、藤八《とうはち》という。ふたりの間に生まれた息子だった。たらいで足の汚れを流していると、たえが膳を運んできた。冷えた飯に、菜物、煮染めた昆布が少し。飯に湯をかけ、さらさらと流し込む。

棟割《むねわ》り長屋ではあるが、並のところよりは広く、上等な部類に入る。ゴザ敷き板間の先には四畳半が続き、床の間もある。この間取りにも慣れ、不自由はない。赤穂の不破家屋敷の庭に咲いていた花々の香りを思い出し、今の暮らしを憐《あわ》れに感じることもなくなった。

隣に座ったたえに、草加でのことを話す。

不安にさせることはすべて削り、道中での出来事も適当に取り繕《つくろ》った。うそはついていないが、少々辻褄《つじつま》は合わなくなっている。だが、たえは余計なことを訊かない。笑顔で小さく頷きながら聞いている。

それがこの女の良いところだった。

たえとは江戸に出てから知り合った。

数右衛門がはじめて住んだ木場《きば》の長屋近くに、老いた叔父夫婦と暮らしていた。年増だが、たえの見た目は悪くない。熟《う》れた肌を、地味な化粧と着物で無理に押し殺しているような妙な色気がある。裁縫上手としても知られていた。なのに、男が寄り付かない。不思議に思っていると、知り合いが「あれは蔦《つた》だよ」と教えてくれた。

後家だという。十六で川越《かわごえ》藩士に嫁いだものの、一年経たずに夫が病で死んだ。その後、御家人のところに入ったが、またすぐに夫が死んだ。巻き付いた樹木を枯らす蔦になぞらえ、寄り添う夫の運と生気を吸い取り、枯らす疫女《えきじょ》と陰でうわさされているらしい。

数右衛門は避けるよりも逆に興味を持った。

――緑茂る木なら吸い取ることもできようが、俺のような運も枯れた木ではどうなるのか。

男の独り身だからと、仕立てや繕いの仕事を頼んだ。番手仲間にやり方を教わり、生まれてはじめて誘ったり、口説いたりもしてみた。たえも悪くは思わなかったようで二ヵ月ほどで近しくなり、深い仲となった。

そして三度目の情を交わしたあと、秘密を打ち明けられた。

たえは月に二三度、泊まりで仕事に出ていた。能の師匠宅での衣装の早仕立てといっていたが、本当は板橋《いたばし》宿や新宿《しんじゅく》で体を売っていた。それでどうにか耄碌《もうろく》しかけた叔父叔母と三人で暮らしていけるのだという。

嫌うどころか、もっと惹《ひ》かれた。

自分のような割れ鍋の男には、こんな焦げて黒ずんだ綴《と》じ蓋《ぶた》の女がふさわしいように思え、より近しく感じられた。

少ししてたえの叔父が死に、半年経たずに叔母もあとを追うと、叔父宅は実子たちのものとなった。行き場をなくしたたえに、数右衛門は一緒に暮らそうと声をかけた。迷いはなかった。たえにそばにいてほしかったし、自分がそばにいてやりたかった。

ふたりでこの深川相川町に居を移すと、たえはすぐに藤八を孕《はら》んだ。

たえの気管が弱いのと、藤八がよく熱を出すのを除けば、毎日の暮らしは、まあ悪くはない――いや、照れずにいえば、この生活が愛《いと》おしい。

赤穂の姉の元に残してきた息子と娘には、季節ごとに変わらず金を送っている。たえももちろん知っていて、怒ったり焼いたりすることもない。「おふたりに、いつかご挨拶させてください」と笑ってくれる。

藤八が早くもおとなの口調で利発に話しているのを聞くと、ふと涙が落ちそうになる。赤穂にいる息子と娘も、もちろん大事に思っているが、武士だった時分は、常に藩士である我が身が先に立っていた。藩役を立派に果たし、不破の家を律し、家族を正し、清廉《せいれん》に生きる。そのことばかり考えていた。我が子を無心で見つめ、成長に胸打たれたことなどなかった。

たえが、藤八が、たまらなく愛おしい。

ふたりを傷つける者、奪おうとする者があれば、何があろうと打ち倒す。家族にどんな災厄が降り注ごうとも、それが悪鬼、怨霊《おんりょう》の類いだとしても、この身に代えても打ち払う。

数右衛門は強く思いながら、たえの胸元に手を入れ、長く子に吸われて皺《しわ》になった乳房に触れた。かすかな温もりと息遣いを指先に感じつつ、我が子の穏やかな寝顔を眺めていた。

そして――

草加の比女様を訪ねてから一年。

数右衛門と家族は平穏に日々を過ごしていた。小さな怪我や軽い風邪だけで、ひどく具合を悪くすることもない。大きな過《あやま》ちもない。むしろ数々の小さな幸せがあった。

亡き浅野長矩が現れることもなくなった。

だが、災いは別の場所に降り注いだ。

四

急を知らせてくれた番手仲間とともに、数右衛門は自宅を飛び出した。

残暑のなかを汗まみれになりながら本所へとひた走り、ふたつ目通り沿いに間口を広げる炭燃料の大店『菊もと』に飛び込んだ。

入ってすぐの板間に女と娘が横たえられている。ふたりとも着物は裂け、血で汚れ、虫の息だった。手当はされているものの、白髪まじりの漢方医はもうこれ以上何もできないという顔で座っている。

ふたりのすぐ横には郡兵衛がいた。板間に頭を擦《こす》りつけ、嗚咽《おえつ》しながら祈っている。死にかけているのは郡兵衛の妻と子だった。

「お助けを」泣きながらくり返す郡兵衛も着物が裂け、体中が傷ついている。一家で初音森《はつねもり》神社の祭りの寄り合いに行く途中、男五人に襲われ、現場から近かったこの『菊もと』に運び込まれたという。

襲った連中の身元はわかっている。番手の商売敵《しょうばいがたき》で、得意先を日垣屋に奪われたことを以前から逆恨みしていた。郡兵衛は襲われながらも、ひとりを打ち取り、もうひとりに傷を負わせていた。傷ついた者は番屋で縄をかけられているという。

死人が出たことで同心、目明かしも検分に来ていたが、憔悴《しょうすい》しきった顔で妻と娘を見続ける郡兵衛に声をかけられず、困った様子で板間の隅に座っている。店先を血で汚された『菊もと』の番頭、奉公人たちも、露骨に迷惑な顔をしている。

その場は夏の暑さと血の臭いでひどく蒸し、そこにいるほとんどが、けが人の早い死を願っていた。

「数さん、頼む。助けてくれ」郡兵衛にすがりつかれた。「どうにかしてくれ」泣きながら声を絞り出す。妻は二十八、娘は十二。いい年になってから十も年下の女を娶り、子を持った郡兵衛にとって、どちらもこの上ない宝だった。

――どうしようもない。

虫の息のふたりを見つめながら数右衛門は思った。助けてやりたいと心から思うが、医術の心得も、法力もない自分には何もできない。

だが、考えがよぎった……あれならば、どうにかできるかもしれぬ。そう気づきながらも、一瞬迷った。そして迷ったことをすぐに恥じた。

――命を懸けて報いると誓ったはずだ。

今の暮らしの基《もと》を作ってくれたのは誰か。「友だから」とすべてを無償で与え、支えてくれた郡兵衛がいなければ、江戸に出てくることも、たえに会い、藤八が生まれてくることもなかった。

数右衛門は店から飛び出し、一度大きく息を吸って吐き、できる限り気持ちを平らかにした。

「浅野様。どうかふたりをお助けください」くり返し祈る。「願いにこたえていただけたなら、私も必ず願いにおこたえいたします」

そして目を見開いた。探さず、勘に頼り、兆しが目の中に入ってくるのを待つ――通り過ぎてゆく職人の半纏《はんてん》の背に丸に北進の印を見つけた。

北ならば左だ。ふたつ目通りを左手方向に走り出した。進みながら次なる兆しを待つ。並んだ文字が汚れ霞み、「問」の一字だけが目立つ生糸《きいと》問屋の看板が見えた。道を挟んでその正面の店には、御用即応の字が染められた三枚暖簾《のれん》が出ている。風が吹いて、御用と即の二枚がぱっとめくれ、「応」の一文字だけが残った。

「問」いに「応」じる――その店に飛び込んだ。

「良い医者は知らぬか。教えてくれ」大声でいった。入ってわかったが荒物屋らしい。

要領を得ぬ小僧に代わって、お内儀《かみ》がこたえる。近くで起きた刃傷沙汰《ざた》に関わることだと気づいたようで、「なら、この先の版元に」とまくしたてた。

礼をいって店を出る。両国回向院《えこういん》の近く、横網町《よこあみちょう》にある版元「鶴膳《つるぜん》」は『薬医良《やくいりよう》妙振分《みようふりわけ》』などの江戸医者案内を出しており、詳しい者がいるという。

道沿いに医者や薬種屋の看板も見つけたが、兆しなきものは無視した。狂ったことをしているのはわかっている。だが、今頼れるのはあの御方だけだった。

そして両国橋近くの人混みをかき分け進む途中、道の端に覚えのある姿を見つけた。あの顔つき、身なり、一瞬目に入っただけだが間違いない。すぐに引き返し、襟《えり》首《くび》を掴む。男は数右衛門を見るなり、「ひっ」と悲鳴を上げた。去年の五月、草加から帰る途中に出会った乞食だった。身なりは少しましになっていたが、ぷんと鼻を突く臭いは変わらない。

怯える男に数右衛門は「医者を教えろ」と迫る。事情がわからぬ男はさらに怖がる。それでも早口で理由を話し、「三両やる。いや五両」としつこく訊いた。

金の魅力に負けたのか、乞食は「どうなっても知らねえぞ」と駆け出した。数右衛門もあとに続く。人を押し退け、陽が焦がす両国橋を渡り、汗みずくになって駆ける。

「約束だ。守れよ」乞食はくり返しながら走った。「必ずだぞ」

駆け続け、たどり着いた横山町《よこやまちょう》――乞食に促され、開いたままの門の奥へと入っていった。

男が縁側で涼んでいた。片肌を脱ぎ、袂《たもと》をたくし上げて両足をたらいの水に浸けている。

「あんたが医者か」数右衛門は訊いた。

「ならばどうした」男はいった。

かすかに酒の匂いがした。傍らに茶碗もある。それ以上に気を引いたのは、男の体にある無数の縫《ぬ》い痕《あと》だった。覚えるために自分で傷つけ、縫ったようだ。どれもきれいに治っている。

「診てほしい」頭を下げた。

「どんな具合だ」男の顔つきが変わった。奥から門弟らしい数人が出てきたが、手で制し、数右衛門に話を続けさせた。

「女がふたり、大きく斬られた傷が五六個ずつ。どちらもかなり危うい」

「大きさはいい、傷の深さは」

「深いものがそれぞれふたつ」

「血はどうだ」

「多く出たようだが、今のところ漢方医が手当てして抑えている」

「代料は高いが、いいな」

「何とでもする」

男は立ち上がると、門弟三人に道具類を用意させた。草鞋を履き、たらいの水でびしゃりと顔を打って目を覚ます。

「行くぞ」数右衛門はまた駆け出した。男も医者駕籠《かご》を使わず駆ける。うしろを医具を担いだ門弟が追いかける。乞食の姿が消えていたが、気にはしていられなかった。

本所『菊もと』に着いた男が見せた施術は、まさに神技だった。

はじめに無理やり阿片《あへん》を吸わせ、朦朧《もうろう》として痛みも感じられなくなったところで、斬り傷の近くを縛り、止血し、焼酎《しょうちゅう》に浸《ひた》して蒸した布で傷口を洗った。それから蒸して消毒した特製のかぎ針と糸で素早く縫い上げていった。縫い痕には馬油をたっぷり塗りつけ、すぐに次の傷を縫いはじめる——これをくり返した。

あとで知ったが、男の名は小瀬《おぜ》幸四郎《こうしろう》。

寛永《かんえい》のころに神田佐久間町《かんださくまちょう》の『盃庵《はいあん》』として知られた名医、小瀬新志郎《しんしろう》の血を継ぐ家系の四代目で、幸四郎自身も名医として知られていた。四年前、背中の腫れ物が化《か》膿《のう》し死にかけていた女に、「非道な施術をした」として、御上（幕府）より妻子ども信濃《しなの》国松代《まつしろ》への流罪《るざい》処分を受けていた。しかし、松代での貧しき者への治療が善行と認められ、罪を解かれ、つい三日前に江戸に戻ってきたばかりだった。

非道な施術をされたという柳橋《やなぎばし》の縮緬《ちりめん》屋のお内儀は、すっかり元の調子に戻り、今も元気に働いているという。

郡兵衛の妻と娘は命をつないだ。施術から四日で話せるようになり、十三日で上体を布団から起こせるまでに回復した。幸四郎は十分な施術代を手にしたが、あの乞食には礼を払おうにも行方がわからない。人にも探させたが、見つかっていない。

「約束だ。守れよ」乞食のくり返していた言葉が頭にこびりついていた。


秋も深まったころ、数右衛門は傷の癒《い》えた郡兵衛を昼の隅田川に誘った。

救ったのは俺じゃない。それは名医小瀬幸四郎であり、何より浅野様だ――と土手を歩きながら真実を告げた。去年五月、草加からの帰りに子供や乞食の口を通して聞いた伝言も、今回の幸四郎を見つけるまでの筋道で起きたことも、すべて話した。

だが、郡兵衛は「違うんだよ、数さん」と首を振り、数右衛門の手を取った。「見ちゃいないんだ、おいらたちは」

「はっ」数右衛門の半開きの口から音だけが漏れた。

「霞のような人のかたちも異形も、何も見ちゃいないし、聞いちゃいない。でも、わかってたんだ、数さんがうそをついてるんでもねえって。きっと、浅野様の切腹や赤穂の御取り潰しで気が参っちまったんだろう。そのうち良くなり、元に戻ってくれるだろうから、それまでは数さんの話を疑わず、否といわず、逆らわず、悩ませず――」

「合わせて芝居をしてくれていたのか」

郡兵衛は頷き、手を取ったまま拝むように頭を下げた。

「すまねえ」

「その後も俺の具合がよくならないので、誘って草加にまで行ってくれたのか」

「本当にすまねえ」

「謝らねばならぬのはこちらだ。そこまで気にかけてもらって、本当にありがたい」

「比女様に何を聞いたのかは知らねえが、その後妙なことを口走らなくなったんで、すっかりよくなったと思ってたんだ。でもな、何も気にすることはねえ、救ってくれたのは他の誰でもなく、数さんだ」

「いや、確かに導かれた。俺の力じゃあんな真似はできやしない。そして、力を借りた恩は返さねばならん」

そこまで聞いただけで郡兵衛も数右衛門の心中を理解した。

「馬鹿いっちゃいけねえ」

「確かに馬鹿だが、約束だ。浅野様と契ったんだよ」

「もう赤穂藩とは何の縁もねえんだろ。あんなじじいの首なんぞ、どうだっていいじゃねえか」

「また別の縁ができてしまったんだ」

「でもよ。万一、異形の――浅野様の力で命をつないだんだとしても、それは卑怯な約束じゃねえのか。数さんを陥れ、引きずり込むのに、おいらの一家をあんな目に遭わせたんじゃ」

「年寄りの命と一国を引き換えにする愚者ではあるが、決して卑怯な方ではない。もし、悪計を巡らす邪《よこしま》なものだったなら、一年前に草加の比女様が教えてくれたはずだ」

汚い手を打たず、ひたすらにその時が訪れるのを待っていたのだろう。もしくは、めぼしき複数の者に誘いをかけ、たまたまそれに乗らざるを得なかったのが自分なのかもしれない。

「なら、ありがたい神仏様にお願いして、それこそ草加の比女様にも頼んで、念入りに払っていただいてよ。なかったことにするわけにゃいかねえのか」

「無理だろう。呪った祟ったのことではない。こちらの望みを叶《かな》えてもらったのだ。それも生き死にに関わる難しい願いを。今度はこちらが代価を差し出さねば」

「代価が数さんの命ってのは高すぎねえか」

「むしろ安いくらいだろう」

まだ子を産める年の女と、将来のある若い娘の命を救ったのだ。こんな浪人暮らしひとりの命では釣り合わない。

「それにもし此度の約束を破れば、次こそ浅野様は怨霊となって現れるかもしれぬ。いや、間違いなく厄介な憑き物になる。我らだけでなく、妻や子、血縁まで呪われ祟られてはたまらぬだろう」

数右衛門ははじめてかつての主君に親近の情を感じていた。

愚かではあるが、吉良の地位を笠に着た悪性卑怯を許せず、己を曲げられぬ真っすぐな方だった。この数右衛門と同じではないか。目の前の歪《ゆが》みを見過ごせず、かといって、角が立たぬよう丸く収めながら正すこともできず、正面からぶつかって砕けた。知恵なき正義など、ただの驕慢《きょうまん》でしかないことに、最後まで気づけずにいた。

そして浅野様は自家と赤穂一国を潰し、御自身の命も取られた。俺は養子に入った不破家を潰し、生家の岡野家も道連れにした。

失ったものの大きさは違えど、罪の深さも愚かさも、ふたり同じ——

土手の下、隅田川を進む舟の艫《とも》（船尾）で、何がおかしいのか船頭が笑っている。水面にはね返り届いてくる声を聞きながら、まるで浅野様が笑っているように思えた。

家族にもすべてを伝えた。

ほろほろと涙を落とすたえと、わけもわからず泣く藤八と、別れの盃を交わし、「来世で会おう」と誓い合った。郡兵衛はたえと藤八を「命に代えても守る。俺が死んでも女房と娘に守らせる」と約束し、誓書まで渡してくれた。

ただ、この先の目的ゆえ、よくしてくれた番手の仲間たちには礼もいわず、仕事を辞めてぷっつりと姿を消した。それだけが何とも心苦しかった。

あの乞食の行方も探し続けたが、やはり見つけられなかった。

そして十月。

数右衛門は儀貝十郎左衛門正久を訪ねた。

儀貝は少し驚いたものの、温かく迎え入れてくれ、元赤穂藩士吉田《よしだ》忠左衛門《ちゅうざえもん》兼亮《かねすけ》と

の仲もつないでくれた。さらに翌月、儀貝、吉田に連れられ大石内蔵助良雄《おおいしくらのすけよしたか》と面会し
　大石は数右衛門の話に静かに耳を傾け、二三訊いたあと、さして疑いもせず同志と
して受け入れてくれた。加えて、亡き主君との約束を守ったことを「稀《まれ》なる律儀者《りちぎもの》」
と褒《ほ》め、残される妻と子に渡すよう金五両を下げ渡してくれた。
　数右衛門は澱みなく話が進むのを意外にも感じたが、大石、儀貝、吉田三人ともに
夢のなかで「正種が参る」と告げられていたのだという。
　しかし、事情を知らず夢での知らせもなかった元赤穂藩士の多くからは疑われた。
はっきりと避け、嫌う者もいた。
　数右衛門が元禄十五年の年明けから上洛し、京都山科《やましな》で暮らしていた大石内蔵助と
動きを共にしていたとか、密かに赤穂に戻り、実母と実姉、子供たちに会って涙の別
れをしてきたとか、本人も知らぬ間にうわさが流れていたが、もちろんそんなことは
していない。同志に数右衛門の加入を納得させるために、大石が作り語らせた方便だ
った。
　反発も敵意もあるものの、大石の推挙で元赤穂藩士たちと面会し、とりあえずは志
を同じくする者として迎えられた。背に腹は代えられなかったのだろう。同志の離

反、離脱が続くなか、討ち入りを絶対に譲れぬ者たちは、ひとりでも多くの戦力を求めていた。

不破数右衛門正種は赤穂浪士となった――

五

元禄十五年十二月十五日、七つ（午前四時）過ぎ。

数右衛門は同志とともに裏門前に立っている。

吉良邸への討ち入りはすでにはじまっていた。塀の向こうから怒号や悲鳴が聞こえてくるが、今のところ、外からじゃまをしようとする者は現れていない。

「火事だ」と叫んで討ち入ったため、近隣の中間《ちゅうげん》が様子見に出てきたものの、皆すぐに事情をわかってくれた。「赤穂の御浪士の方々でござりますか」と訊かれ、「いかにも」とこたえると、静かに帰っていった。手を合わせ「御武運を」と残していった者もいる。

肌を締めつけるような冷気のなかでも、汗が滴《したた》り落ちてくる。着物の下につけた鎖帷子《くさりかたびら》の重さも、今は感じない。昂《たかぶ》っていた――

どんどんと裏門の内側から誰かが叩いた。

「山」数右衛門たちは合い言葉をいった。「川」内側から返ってくる。同志だ。

内側の閂《かんぬき》が抜かれ、門が開く。取り決め通り。表門に続き、裏門で機を待っていた浪士たちがなだれ込んでゆく。

数右衛門も間瀬《ませ》孫九郎正辰《まごくろうまさとき》と茅野《かやの》和助常成《わすけつねなり》とともに駆け込んだ。

邸内は昼のように明るい。裏庭にある弁天稲荷《べんてんいなり》の鳥居の朱色がはっきりと見える。左手、塀を挟んだ土屋殿の邸内からは提灯が高く掲げられ、吉良邸の奥まで照らしてくれていた。

行く手に、刀を振りかざす小袖姿の男の背が見える。

同志三人が相対し手槍を構えているが、「よう」「おう」と声を出すばかりで踏み込めない。むしろ気圧《けお》されている。

数右衛門は男の背へ真っすぐに駆け、腹の裏を一気に突いた。

「ごう」と唸《うな》りながら男が振り返る。数右衛門はさらに槍の柄《え》をねじ込んだ。「さあ」数右衛門の合図を聞き、一瞬ためらったものの、正面から同志三人が一斉に突いた。四方から串刺しにされ、男は身動きできぬまま呻き震え、それでも刀を振りかざしている。

「早くとどめを」数右衛門は間瀬と茅野にいった。「苦しませるな」

だが、ふたりは動けない。

数右衛門は槍を一度引き抜くと、「こうだ」と叫び、男の首裏から喉《のど》まで突き通し、絶命させた。そしてその場の一同を見た。

「敵として見《まみ》えたが、この御方も身を惜しまず主《あるじ》を守ろうとされた御忠臣。その御心がわかるなら、決してためらわず御命頂戴いたせ」

強くいうと、次の敵へ駆けた。

逃げる者は追わない。歯向かう者のみを取り除く。

畳五千百畳分の広い敷地に暮らす吉良方の住人は百五十ほど。斬り合う声、捜索する声は聞こえるが、人の姿はそれほど見えない。

浪士たちは門内に討ち入ると、はじめに塀沿いに作られた家臣長屋の戸のすべてに、鉄のかすがいを打ちつけて回った。そこに住まう徒士《かち》や足軽、中間を閉じ込め、「死にたくなくば出てくるな」と絶え間なく声もかけた。無用な殺生を増やさぬための方策だった。

長く伸びる縁側の脇、庭木に埋もれながら同志ふたりが倒れている。

ひとりが数右衛門に気づき、「頼む」と裏返った声で助けを求めた。

寝間着の両肩を脱ぎ、手槍を握った男がこちらに顔を向けた。男は迷わず槍を構え、駆けてくる。数右衛門も迷わず駆け出す。

槍先が交錯し、数右衛門はわずかに身を逸《そ》らした。男の槍先が黒い小袖を裂き、鎖帷子の上を滑ってゆく。数右衛門の槍先は男の下腹を食い破り、背まで貫いた。

「無念」男が顔を歪める。「しかし、お見事」歪んだ頬に一条の涙を伝わせながらいった。

「そちらもご立派」数右衛門は槍から手を離し、刀を抜くと、男の喉を真横に裂いた。

と同時に、すぐ横から白刃が降ってきた。

よけたものの、左の鉄籠手《てつごて》の上から激しく刀で打ち据えられた。よろけ、片膝を地面に突く。すぐさま体勢を立て直すと、痺《しび》れる手で刀を構え、斬りつけてきた相手と向き合った。

少しうしろで間瀬と茅野も手槍を構えているが、当てにはしていない。見下しているのではなく、数右衛門自身も番手として働きはじめたころは、こんなものだった。怯えながら逃げて斬ってをくり返すうち、いつしか、こんなことにも慣れてしまった。

――皮肉なものだな。

命のやり取りの最中で思った。戦《いくさ》なき世に生まれて、こんな奇妙なかたちで、斬り合い殺し合いの武士の本分を思い知らされるとは。

数右衛門と男は刀を突き合わせたまま。こちらは草履、男は裸足《はだし》。地面を摺《す》り足で縦横に動き、間合いを探り合う。

互いに斬り込めない。時が過ぎてゆく。まだ斬りつけられない。

うしろの間瀬の構える槍先が、遠くから照らす提灯の光を反射し、それが闇に慣れた男の目を一瞬捉えた。かすかに目を細めた隙を突き、左から斬り込む。男の寝間着と脇腹がばっくりと裂け、血が流れ出た。「ぐう」と唸り、目を見開いたまま膝から崩れ落ちる男の首を、横からすぱりと斬り、またもすぐに絶命させた。

「助かった」数右衛門は間瀬にいった。

「お、おう」間瀬がよくわからない顔のまま返事をした。

しかし、そこから先が長かった――

吉良義央が見つからない。

数右衛門たちも龕灯《がんどう》（照明道具）片手に捜索を続け、押し入れや葛籠《つづら》を改め、畳を返し、壁を叩いて隠し戸を探した。だが、見つけられない。

時が過ぎるほど不利になる。

吉良義央の実子が跡継ぎに入った上杉《うえすぎ》家からの援軍。火付盗賊改方《ひつけとうぞくあらためかた》。このふたつを浪士たちは何より危惧していた。

吉良の子上杉綱憲《つなのり》も事あらばと用意をしていた。御城桜田門《さくらだもん》前の米沢《よねざわ》藩上杉家江戸屋敷に控えさせている手勢だけでなく、この本所吉良邸周辺にも、異変の際に駆けつけさせる浪人を雇っているという。武装した連中が数多く到着すれば、戦いは激しくなり、必要以上に長引く。そうなれば私闘の枠を超え、御城下騒乱として大番組の出動、包囲もありうる。

しかも浪士たちは「火事だ」と叫んで討ち入った。火が出たと偽って他家へ押し入ったこ火消し連中が駆けつけてもおかしくはない。火が出たと偽って他家へ押し入ったことは、火付盗賊改方による捕縛、悪くすれば斬り捨て御免の理由にもなる。

「いない」「そちらもか」聞こえてくる同志の声にも焦りが滲《にじ》む。

数右衛門は皆が探し終えた場所をもう一度見て回った。

木戸も障子も開け放たれた畳部屋の奥、大衣桁《おおいこう》に女物の着物が掛かっている。着物には刀傷があった。同志が引き倒して裏を確かめたはずだが。誰がまた掛けたのか

　裏に回ろうとしたとき、男が飛び出した。

　襦袢姿《じゅばんすがた》で、手にした刀を鞘《さや》から抜こうとしている。だが、手が震え抜けない。恐怖ではなく、冬の夜明け前の厳寒のなか、襦袢一枚で隠れ続け、体中かじかんでしまったのだろう。

　男はようやく抜いた。それでも震えで構えが定まらない。

「退《ひ》かれよ」数右衛門は龕灯の火を消し、畳に置きながらいった。

「退けぬ」男がいう。

　そこで呼子《よぶこ》の音が響いた。吉良を捕らえた合図だ。

「もう終わり。どうか退かれよ」

「退けぬのだ。わかるであろう」

　互いに構え、しばし睨み合う。

　男は覚悟を決め、震えながら斬り掛かってきた。斜め上から振り下ろされる刀を、数右衛門はかすかに動き、左肩で受け止めた。小袖は裂けたが、その下の鎖帷子が刃をしっかり受け止める。数右衛門の振るった刀は、左肩から右脇腹へと男の胴をざっくり開き、臓物がこぼれ出た。

すかさず手首を返し、胸も突く。切っ先が肋骨の隙間を抜け、心臓に達し、男はすぐに息絶えた。数右衛門は片手を顔の正面に立て、弔《とむら》い、呼子の鳴ったほうへ向かった。

駆けつけると、台所裏の物置前に、寝間着を剝《は》がれ、下帯姿にされた老人が転がっていた。槍で突かれたらしく、顔は血塗《ちまみ》れになっている。

松の廊下で浅野様につけられた背中の斬り傷を検分され、ちょうど吉良義央その人であると確かめられたところだった。狙い続けた仇敵《きゆうてき》を囲む同志たちに、興奮よりもかすかな脱力が広がってゆくのを感じ取れた。

数右衛門は輪を離れ、用心のため裏門へと駆け戻った。この段になってもまだ仇討返しと称して、吉良方の増援が乱入してくる恐れがある。

裏門に着くと、外に人の気配がした。光も見える。隙間から窺うと、敵ではなく野次馬が提灯を手に並んでいた。顔を見せた数右衛門に歓声が飛んだが、すぐに消えた。

皆が気味悪そうにこちらを見ている。自分の体を確かめてみると、着物や手足に無数の細かな肉片、血がこびりついていた。すぐに門裏に引っ込み、肉片を払い、顔の血を拭った。着物に染み込んでしまった血は、もうどうしようもない。

少ししてもう一度呼子が鳴り、勝鬨《かちどき》が上がった。

本懐を遂げたのだろう。吉良の首が打ち落とされ、地に転がったその瞬間を、数右衛門は見ていない。


赤穂浪士たちは、仇敵の首を掲げ、裏門から出立《しゅったつ》した。

まだ夜は明けず、月も沈み、町はより暗さが増している。冷気を吸うと鼻が痒い。緊張が少しだけ緩み、体がようやく寒さを感じはじめたようだ。

高輪泉岳寺《たかなわせんがくじ》へ。

上杉勢の襲撃に用心しながら早足で進む。はじめは少数だった野次馬も、新大橋《しんおおはし》のたもとを過ぎるころには数十人になり、浪士たちの列に付き添っていた。沿道の行灯《あんどん》に火が入り、提灯を手にした町人たちが並び、宿願果たした一行を出迎える。

泣いて喝采する日垣屋郡兵衛一家の姿もあった。番手の仲間たちは一同並び、「武勇当代随一なり、不破数右衛門正種殿」と讃えてくれた。

たえと藤八もいた。少しやつれたたえは肩を震わせ泣いていた。涙も見せず凛《りん》と立つ藤八の姿が目に入ったときは、心が絞られるように痛み、不覚にも涙がこぼれそうになった。

終わりを実感した。

そして明けはじめた空を見上げ、ふと思った。

——俺はなぜここにいるのだろう。

この先に待つのは死のみ。切腹か斬首かはわからぬが、いずれ沙汰が下り、そこで終わる。

もっと早く、上杉勢に強襲され、この路上で斬られるかもしれない。そんなときにどうして……いや、もう死ぬ身だからこそ、考えたのだろう。

俺が見た異形、あれは本当に浅野長矩様だったのか。知らぬ間に病み狂ってしまった自分の頭が作り出した、ただの幻影だったのではないか。

長矩様の霊威に導かれたのだとしても、どうして亡くなられたあの御方は、今世に御顕示できたのか。未練があれば誰でも、この世に戻って語れるというわけではなかろうに。存命中、知らぬところで山ほどの功徳《くどく》を積み、回向を施していたとでもいうのか。

まあいい。もうすぐだ。死ねばわかる。

もし来世というものがあり、俺もそこに行けたなら、まずは浅野様を探し、お目通りを願おう。そして、あれが間違いなく長矩様だとわかったら、この正種も化けて出られるかお尋ねしよう。今世に出られるとわかれば、早速、たえと藤八の枕元に立たねば。赤穂の息子と娘にも会いに行こう。だが、幽鬼となったら、赤穂まではどう行くのだろう。他にも確かめたいこと、知りたいことがいくつもある。

亡き養父、先代の不破正種様にもお会いし、お詫《わ》びできるかもしれない。

死ぬのが少しだけ楽しみになった。

重い鎖帷子や籠手、具足をつけたまま、気を張りながら歩き続けて一刻半。東海道沿いには人が二重三重に並び、同情や好奇の目で眺め、声をかけてくる。道を右に折れ、ようやく泉岳寺の山門が見えてきた。

我々にとっては死出の門。だが、数右衛門は口元を緩めた。

——こんなときなのに。

笑わずにはいられなかった。

雪の橋

梶よう子

一

前日に降り積もった雪が、夜の静寂を一層深くしていた。

高家《こうけ》旗本《はたもと》吉良《きら》家中小姓《ちゅうごしょう》、清水一学《しみずいちがく》は夜具の中で、まんじりともせず、じっと闇を見つめていた。いま何刻か。今夜も来ぬか――。一学は大刀を身の傍《かたわ》らに置いている。万が一に備えてのことだ。鞘《さや》を握る指先に力を込める。

隣室からは、数名の鼾《いびき》が聞こえる。酒を過ごすなと、家老の小林平八郎《こばやしへいはちろう》からいわれたはずだ。

住み慣れた呉服橋《ごふくばし》内から、本所《ほんじょ》二ツ目に屋敷替えの幕命が下ってから一年半近くが経過していた。例の一件のあおりだと誰しもが感じてはいても、いつまでも気を張り詰めているほうが無理であろう。

元禄《げんろく》十五年（一七〇二）十二月十四日。

前日に煤《すす》払いを終え、屋敷はこれまでの穢《けが》れを落としたかのごとく清浄な雰囲気に包まれていた。

昨年末、隠居が認められた高家肝煎《きもいり》吉良上野介義央《こうずけのすけよしひさ》は、今日の茶会に大いに満足していた。本所に茶室を構えている茶人宗徧《そうへん》を招き、老中の小笠原佐渡守長重《おがさわらさどのかみながしげ》、高家旗本の大友近江守義孝《おおともおうみのかみよしたか》らとともに、この一年の息災《そくさい》を祝った。また、上杉《うえすぎ》家より養子に迎えた新たな当主義周《よしちか》を囲み、晴れやかな茶会となった。

ただ、義央は、実子で義周の父親である上杉綱憲《つなのり》が、病のため出席できなかったことと、屋敷の改修中で、今は実家の上杉家にいる奥方の富子《とみこ》もいないことを残念がっていた。

茶会が終わり、客が引くと、義央は途端に疲労に襲われたようだった。齢《よわい》六十二の老年であれば当然のことだ。用人の宮石新左衛門《みやいししんざえもん》に促され、早々に寝所へと入った。

しかし、今夜はことのほか冷える。足の先が凍りつくようだった。一学は幾度も足先を重ねてこすり合わせた。

それでも、大刀の鞘を握る指は汗ばんでいる。これでは身がもたぬ、と一学は己を笑った。何をそれほど恐れているのか。

例の一件からすでに二年近くの時がながれているにもかかわらず――。

隠居となった義央は、春を迎えたら、奥方の富子を連れ、所領である三河《みかわ》国吉良の庄へ発《た》つ予定になっている。その際には、中小姓である一学も供《とも》をするよう富子から仰《おお》せつけられていた。

一学は、己が育った吉良の庄に思いを馳《は》せる。温暖で緑豊かな地、そして遠浅の海岸には塩田が広がっていた。

不意に、幼馴染《おさななじ》みのお美与《みよ》の顔が浮かんだ。

一学は五年前、所用で国許《くにもと》に戻っていた。

そのとき、お美与が父親とともに陣屋へ挨拶《あいさつ》に来た。野山を駆け、木登りが得意だったお転婆《てんば》な美与が、見違えるような女子《おなご》になっていたことに、一学は眼を瞠《みは》った。肌は透き通るように白く、瞳は黒々と輝き、小さな唇から発せられる声が、耳に心地よく響いた。まだ嫁《か》してはいないという。

美与に江戸《えど》の暮らしを訊《き》かれたが、何をどう話したかも覚えていない。それほど、美与の変わりように驚き、そして心を奪われた。

以来、時々ではあるが、美与と文《ふみ》のやり取りをしていた。大殿の義央に許しを得られたら、美与と夫婦《めおと》になりたいと考えている。もしも、義央が吉良の庄で余生を過ごすのだとしたら、その側で、夫婦で仕えたいと望んでいた。

ほのかに胸の底が温かくなり、ふと眠りに落ちた瞬間、何かを打ち叩く激しい物音と共に、「火事だ」と叫ぶ声を一学は聞いた。

一学は大刀を強く握り、跳ね起きた。

再び物音がした。これは――火事ではない。

来たか――！

一学は、隣室へと一旦後退すると、慌てふためきながら夜具から這《は》い出した吉良家の家臣らへ、

「狼藉者《ろうぜきもの》でござる。ただちに討ち取られよ！」

大音声《だいおんじょう》でいい放った。

鯉口《こいぐち》を切り、一学は刀を抜き払う。

表門か、裏門か。賊どもはどちらから侵入してきたのか。

相手は幾人であるのか、それすら不明だ。灯《あか》りのない屋敷の中へ闇が迫ってくるような恐怖を感じた。

玄関が蹴破られたのか、怒濤《どとう》のごとく踏み込んでくる足音がした。

門番小屋には義周付きの新貝弥七郎《しんがいやしちろう》がいる。異変の際には表玄関へ向かう手筈《てはず》になっていた。

賊を蹴散らしていれば、新貝はすぐにでも邸内に急を報《しら》せるはずだ。その声もない。

ということは、新貝はすでに、賊の手に掛かったのかもしれなかった。一学の背がぞわりと粟立《あわだ》つ。賊側には、堀部《ほりべ》安兵衛《やすべえ》、不破数右衛門《ふわかずえもん》という遣い手がいる。しかし新貝とても剣の腕はなまなかではない。

急襲といえど、やすやすと討たれる者ではないはずだ。

だだだ、と足音が響き、突然、障子を打ち破り座敷に転がって来た者があった。吉良家の家臣だ。頭をざっくりと割られている。即死だ。死んだ事も気づいていまい。

さらに激しい物音がし、悲鳴と、怒号が上がる。

一学は、さらに奥の間へと進み、夜具にもぐり込んだまま震えている者を蹴り飛ばした。

「むざむざこのまま死にたいのか！」

暗がりの中、その者の恐怖が一学にも伝わってくる。もたもた起き上がる者の顔がかすかに見えた。

「作兵衛《さくべえ》か？」

「清水さま。刀が見当たりません」

元服を果たしたばかりの中小姓だ。歯の根が合わぬのか、カチカチと音がする。

「あ、赤穂《あこう》の者たちがまことに襲ってきたのですか？　いまさら何のために」

「話をする暇《いとま》はない。長押《なげし》の槍を持て。殺《や》らなければ、殺られる。相手の内股を狙え。動きを封じるだけでもよい。いいか」

はい、と作兵衛は暗がりの中、長押に腕を伸ばす。槍を取ったが、その手は震え、腰も据わっていない。さらに座敷内で柄《え》の長い槍を遣うことは困難でもある。

「賊どもが来たら、ただ突き通せ」

廊下に灯りがともされた。誰の仕業《しわざ》か。

それでも、暗がりよりはましだ。

邸内を取り囲む塀は家臣らの長屋になっている。いま、吉良邸には百名以上の者がいた。だが、そこから一人も出ては来ない。

どうしたことだ。小者や中間《ちゅうげん》ではいたしかたないが、下級の家臣もいる。

おそらく長屋から出られぬよう、すでに奴らは手を打っていたに違いない。まずは密《ひそ》やかに忍び込み、長屋を閉ざし、それから裏門を打ち叩き騒ぎを起こしたのだろう。

「作兵衛、桜田《さくらだ》の上杉さまのお屋敷まで走れるか？」

赤穂の者どもに襲われていると知れば、上杉家から援軍を出してくれる可能性がある。藩主は、義央の実子であり、義周は、綱憲の子である。実父と我が子を見捨てるとは思えなかった。

「無理でございます、無理でございます」

作兵衛は泣きそうな声を上げた。

「臆せば死ぬだけだぞ。おれが先導する。西の裏門から抜け出るのだ。ただし、浪人どもがいなければの話だが」

作兵衛は震える手で槍の柄を握りしめ、ようやく頷いた。ただ、本所の屋敷から大《おお》川《かわ》に架かる両国橋《りょうごくばし》を渡り、桜田まで駆け抜けたとしても……それまで、ここが、我らが持ちこたえられるか。川に隔てられたこの地を悔しく思う。かすかな望みを繋《つな》ぐ橋でさえも恨めしいものでしかない。

「歯向かう者は、討て。斃《たお》れた者は構うな。我らが狙うは、ただ一人」

南の庭から、闇を裂くように朗々とした声が響いた。一学にはたしかな聞き覚えがあった。清々《すがすが》しく、凛《りん》とした響きがある。

煤竹《すすたけ》売りだ――。

この数日の間、屋敷の周りで売り声を上げていた。呼び止めたのは、一学だった。

煤払いのための煤竹を買ってやったのだ。

頰被《ほおかむ》りをし、笠で顔が隠れていたが、その低く通る声だけは耳に残った。

赤穂の浪人どもが、江戸市中に、商人や職人姿となって潜伏しているという噂があった。あの煤竹売りは、吉良屋敷をずっと見張っていたのだろうか。

一学は胸底をかき乱されつつも、「行くぞ」と、作兵衛を振り返る。

ふと一学に不安が過《よぎ》った。

大殿を守っているのは誰だ。奴らを寝所まで行かせてはならぬ。

一学は雨戸を次々蹴破った。

危急に備え、薄い夜着ではなく小袖を着ていたが、それでも、一学の身を冷気が包み込む。

冴え冴えとした月が雪を照らし、青ざめたその光が座敷内に差し込んできた。

「無頼《ぶらい》の者どもでござるぞ！」

一学は声を張り上げた。だが、その檄《げき》も空しいものでしかなかった。

幾人かの家臣が、決死の覚悟で雪に覆《おお》われた庭へ飛び出したが、その途端、黒小袖に火事頭巾《ずきん》をつけた者らに、斬り掛かられた。

一学は眼を瞠る。

がたがたと身体《からだ》を震わせ、口からは白い息が途切れず洩《も》れている。剣術の稽古《けいこ》は積んでも、実際、刃を向けられる恐怖は計り知れない。まして人を斬ったこともないのだ。腰が引け、ただ気合いの声だけを張り上げている。それに比べ赤穂の浪人らは、三人でひとりを狙った。槍で突き、後退すれば、刃を振るう。右も左も、背後すら逃げ場がない。取り囲まれればなぶり殺しだ。闇雲に斬り掛かれば、一刀の下に倒される。次々と吉良家の家臣らが雪の中に伏していくのを一学は愕然《がくぜん》と見つめた。

太鼓橋《たいこばし》が架けられた池の周辺は、すでに赤黒い血で染められていた。

家臣たちが、腹を、首を、脚を斬られ、突かれ、呻《うめ》きながら転げ回っている。隙を見て、逃げようとした者が、肩から背をざんと斬り裂かれ、血しぶきを上げて、前のめりにどうと倒れた。

白い雪が、じわじわと鮮血を吸っていく。

雪化粧がほどこされた風雅な庭は、わずかな間に、血なまぐさい無惨な光景に変わっていた。幾人の死傷者が出ているのか。庭だけではない。邸内からも、激しく打ち合う音がしている。

浪人どもの急襲に、こちらはなんの手立ても打てない。雪の中に裸足《はだし》で降り立ち、薄物の夜着一枚では、芯《しん》から冷えた身体の動きも鈍る。すでに夜目に馴れ、着衣を万全にしている者たちと戦うには、圧倒的に不利だ。

鞘から刀すら抜けないまま槍や野太刀《のだち》で斬りふせられた。

こやつらは何者なのだ。仇討《あだう》ちという大義を掲げた殺戮《さつりく》集団ではないか。

しかし、見事なまでに統率されたこの集団に、一学はある種の陶酔《とうすい》さえ覚えた。

武士とは、戦《いくさ》とは、こうあるべきなのか、その姿を目《ま》の当たりにしたような気がした。

元禄の世にあって、武士の刀はその身分の証《あかし》というだけに成り果てている。しかし、赤穂の者たちは違う。ただひとつの目的を果たすために、策を巡らせ、好機を待った。

それが、今宵《こよい》なされようとしている。

国家老の大石内蔵助《おおいしくらのすけ》はただの昼行灯《ひるあんどん》ではない。遊び呆《ほう》けていたというのも、我らを油断させるためだったのではないかと思われた。

一学としてもわからぬではない。

主君が非業の最期を遂げたとなれば、その仇討ちを考えるのは当然だ。

ただし、赤穂は違う。間違っている。

庭から裏門まで走るのは無理だと一学は判断した。

「作兵衛、屋敷内から裏門へ回る。奴らとて屋敷内部をすべて把握してはおらぬはず」

くっと唇を嚙み締めたとき、横から槍が突きだされた。

一学は槍先をかわしながら、槍の柄を摑《つか》むと相手の腹へ打ち込んだ。屋敷内で戦うことは想定の内だ。赤穂の者たちの槍の柄は通常の物よりも短いものであった。年若い浪人が身をわずかにぐらつかせ、一学は間合いを詰め、ひと息に横胴を打ち込んだ。しかし、鈍い音が響いただけだ。鎖を巻いているのか。それでも、一学の渾身《こんしん》の一撃に腹を押さえ、顔をしかめた。

おそらく火事頭巾の下には鉢金《はちがね》も着けているだろう。

すべてが用意周到だ。

横胴を打ち込んだ若い浪人が呻いている間に、屋敷内へ取って返そうとしたが、

「あああ」

作兵衛が雪で足をすべらせ、尻餅を突いた。そこへ、すかさず駆け寄って来た浪人が刃を突き立てようと、柄を持ち替える。

「作兵衛！」

一学は、ふたりの間に飛び込むと、相手に足払いを食らわせ、転倒させると、すぐ

脇にいたひとりと斬り結んだ。金属音が響く。そのとき、背後から飛んできた矢が、一学の肩先を掠《かす》めた。焼けるような痛みが走る。

「痛《つ》っ」

「清水さまっ」

「いいから行け。早く行かぬか！」

作兵衛が、必死で身を立て直し、濡れ縁へと上がる。浪人どもが、それを追おうとする。

「待て。お前らの相手はおれだ」

一学は浪人どもの前に立ちふさがり、両手を広げた。

ほう、とひとりがゆっくりと一学の前に現れた。悠然《ゆうぜん》とした態度だ。

作兵衛を気にしながらも、一学は正眼《せいがん》に構えた。

「昨日のこと、礼をいう。清水一学どの」

この声。一学は眼を見開いた。

「やはり煤竹売りの男か」

「煤竹を買《こ》うてもろうたが、せっかくの煤払いも無駄にしてしもうたようだな」

「名を、名乗れ」

一学は眼前の男を厳しく質《ただ》した。

「大高源吾《おおたかげんご》」

低い声で応えた。

「赤穂の面々がこれほど卑怯《ひきょう》だとは思わなんだ。これは仇討ちなどではない。ただの私怨《しえん》、いや、暴徒の群れに過ぎん」

一学は大高へ向かって怒鳴った。

「笑止。武士を忘れた者どもが」

ふっと大高が笑みを浮かべる。

「酒を食らい、いぎたなく惰眠《だみん》をむさぼる武士にいわれとうはない。奇襲も夜襲も兵法《ひょうほう》の内。我らの思いはただひとつ、吉良上野介の首のみ。我らは、なにもかも捨てて参った。家族も、もはや己の命でさえも」

主君の無念を晴らすことこそが忠なり、と、大高は、野太刀を構えた。

妄信だ、と一学は思った。

「お主ら家臣のことなど微塵《みじん》も考えず、殿中《でんちゅう》で刃を振るった主君の愚行こそ恨め。我が大殿に落ち度はなにひとつない。兵法というのであれば、仇討ちにも作法があろう。ご公儀の裁断に異を唱える貴様らは、叛徒《はんと》だ」

「我らの主君は浅野内匠頭《あさのたくみのかみ》さまのみ。赤穂の者は将軍家の家臣ではない」

相手は着込に鉢金をしている。一学は、正眼のまま大高と対峙《たいじ》する。脚絆《きやはん》の下にもなにか仕込まれているかもしれない。突くか、喉元を刎《は》ねるか、脚を斬り裂くか、いずれにせよ、動きを封じることだ。

大高が一学を見据える。いや、一学など眼前の塵芥《ちりあくた》であるかのような目付きだった。

斬って捨てる、と一学は柄を握る指に力を込めた。

二

一学は、元は百姓の倅《せがれ》で藤作《とうさく》という名だった。義央の所領である三河国吉良の庄で、義央の眼に止まり、十五のとき、武士として取り立てられ、一学の名をもらった。

義央は、所領で「赤馬《あかうま》の殿さま」と呼ばれていた。

幕府の儀式・典礼をつかさどる高家という要職に就いていたが、多忙な合間を縫い、所領に赴いた際、義央は赤毛の愛馬に跨り、必ず領内を視察して回った。その途中、茶などを喫《きっ》しながら、領民の様々な声に耳を傾ける気さくな殿さまだった。

いつしか、領民たちが親しみを込め、義央を「赤馬の殿さま」と呼ぶようになったのである。

とくに、義央が領民から尊崇《そんすう》されたのは、水害を防ぐための築堤をしたからだ。長さ九十九間（約百八十メートル）、高さ二間強の堤は黄金堤《こがねづつみ》と呼ばれ、吉良領は三千石の増収となったばかりか、隣接する他の旗本領も水害から救われている。賄賂《わいろ》を要求し、傲慢《ごうまん》な態度で大名家と接するという噂のある義央ではあったが、新田開発や用水路の整備、寺社への寄進など、領地のために惜しげもなく金を使った。

一学は、領民のひとりとして、この地を治める義央を誇らしく頼もしく思っていた。

この殿さまの下に仕えたいという気持ちが芽生《めば》えたのはいつ頃であったろう。中間や馬の口取りでもいいと思った。百姓の倅であった一学が剣術を習っていたのも、そんな心が後押ししていたのかもしれなかった。

それが叶《かな》ったとき、一学はこの殿さまをお守りしようと固く固く決めたのだ。それが、この吉良の庄を守るためにもなるからだ。

だが、なにゆえ己が義央に取り立てられたのか不思議でならなかった。

江戸に下り、義央の奥方である富子と対面したときのことだ。

富子が一学を見るなり、眼を潤ませた。奥方の涙を見たことにまず動揺し、一学は村の庄屋から教わった挨拶も口から出なくなった。

だが富子はそんな一学の様子も意に介さず義央に顔を向け、

「あの子が帰ってきたようです」

そういうと、義央も静かに頷いた。袖口で目尻を拭う富子をいたわるように、義央は、その肩に優しく手を置いた。

ますます訝《いぶか》しく思えたが、後日、家老の小林平八郎が、

「お主が、亡くなられた若殿さまに生き写しであったからだろう」

と、いった。

「若殿さまに？」

一学は口をあんぐりと開けた。

義央の妻富子は、義央との間に二男四女をもうけている。だが、富子の兄で、米沢《よねざわ》藩上杉綱勝《つなかつ》が嫡子のないまま急死したため、吉良家の長男を上杉家の末期《まつご》養子としたのだ。それが、現藩主の綱憲だ。

吉良家の継嗣《けいし》は末子の三郎《さぶろう》となったが、夭折《ようせつ》した。跡継ぎを失った義央の悲嘆はい

うまでもなく、黄金堤の築堤は、その鎮魂《ちんこん》のためともいわれた。その後、実子である綱憲の子、義周を養子に迎えたのだ。

「若殿の三郎さまが生きておられれば、今のお主と同じぐらいの歳であろうな。目許や面差《おもざ》しが幼くして亡くなられた三郎さまにたしかに似ておる」

「ならば私はどう振る舞えばよろしいのでしょう」

一学は平八郎に訊ねた。平八郎がさもおかしげに笑った。

「お主はお主でおればそれでよい」

「ですが、亡くなった若殿さまに似ているというだけでお仕えするのは」

「不満か？　お主はその顔で、武士に取り立てられ、殿より眼をかけられている。それは家中の誰もが知っておる」

平八郎は、しばし間をおいてから、

「すでに妬心《としん》をいだいている者もいる」

そういった。一学は眼をしばたたく。

「妬心というのは、やっかみですか？」

うむ、と平八郎は眉をひそめるも、

「そうした者たちが、お主へ意地の悪い事をするやも知れぬなぁ」

のんきにいった。

吉良家は四千二百石の旗本である。高禄とはいえないが、朝廷と幕府の間の儀礼を取り仕切る高家肝煎として、公家衆の参府の際、接待のための饗応《きようおう》役の大名に礼儀作法など諸事全般を教示するという要職についている。

主人の義央だけでなく、家臣らにも、そうした家風が染み込んでいた。万事につけ鷹揚《おうよう》なのである。

「田舎《いなか》育ちのお主を疎《うと》んじる者もいよう。礼儀がなっておらぬとかな」

一学がむっと口許を引き結んだ。

「ならば、私は剣の腕を磨《みが》きます。一つのことを懸命に学ぶ。殿から頂戴《ちようだい》したその名のままに努めます。高家といえども武士。どのような争いがあるかわかりません。その際、私は身を賭《と》して殿をお守りしたく存じます」

「なるほど。無頼の者どもが殿を襲わぬとも限らんからな。そのときは存分に働けよ」

平八郎は、一学の真剣な眼差しにいささか呆れたように、口許に笑みを浮かべた。

以来、一学は一層、剣の稽古に励んだ。今の世で剣術を披露する処などないと揶揄《やゆ》する者もたしかにいた。それでも一学は剣術一筋に打ち込んだ。そのせいか次第に、家中でも清水一学にはとても敵《かな》わんと、一目置かれる存在になった。真摯《しんし》な姿勢を認めたということだ。

義央も、立派な若武者よと、眼を細めた。

元禄十四年の三月、雛《ひな》の節句のすぐ後、富子と義央の居室に召し出された。

富子は、筋骨逞《たくま》しく成長した青年の一学をまぶしく見つめながら、

「うっかりしておりましたが、一学の嫁取りを考えねばと思うておりましてね」

小首を傾《かし》げて、微笑《ほほえ》んだ。

うむ、と隣の義央が重々しく頷いた。

「わしも奥にいわれて、はっとしたのじゃ。どうだ一学。お前ほどの器量ならば、わしが見目好い娘をいくらでも選んでやるぞ」

「おや、殿さま。いまのは聞き捨てならないお言葉ですよ。そのように見目好い娘を大勢知っているのですか」

富子が皮肉っぽくいう。義央はあわてて首を横に振り、

「そうではない。様々な家に口利きが出来るという意味でいうたのだ。わしが見知っているわけではないぞ」

むう、と唇をへの字に曲げた。その様子に富子は、「存じております」と、うふふと笑う。

「わしをからかいおって」

義央はいささか怒りをふくんだようにいったが、富子はけろりとしている。

大大名ですら教えを請う高家肝煎の義央も妻の富子の前では形無しだ。そんな夫婦の姿を一学は羨《うらや》ましく思う。

「で、どうなのです？　一学」

はあ、と一学がへどもどしていると、

「もしや、好いた女子がいるのですか？」

富子が膝を進めてきた。

それがその、と富子の視線に胴を打ち抜かれたような気分になった。

「吉良の庄に……幼馴染みがおります」

まあ、と富子が眼をしばたたく。義央も、ほっと驚きの顔をした。

「夫婦《めおと》約束を交わしたのですか？　それともお前が好いているだけなのですか」

じつは、殿さまのお許しがいただけたら迎えに来る、待っていてほしいと告げた、と一学は消え入るような声でふたりにいった。

富子が、はあとため息を吐き、その娘の歳はいくつかと訊ねてきた。

ひとつ違いであるから、二十三だと一学はおずおずと応える。

「なんということをしたのです！」

富子がいきなり厳しい声でいった。義央も我が妻の剣幕に眼を見開いた。

「かわいそうに。その娘はお前の迎えをずっと待っているのですよ。二十三では、嫁入りしていて当然の歳。周りも奇異《きい》に思うでしょう。女子の気持ちになって考えてご覧なさい」

「時々、文のやり取りはしております」

「それにはなんと？　恋しい気持ちを綴《つづ》っているのですか？」

「そのような浮ついた言葉は。江戸のことであるとか、あちらの様子を訊ねてはおりますが」

またもため息を吐き、富子が眉根を寄せる。

「申し訳ございません」

一学は平伏した。

「わたくしにではなく、その娘に詫《わ》びなさい。一番輝いている娘のときを無駄に過ごさせたのですよ。まったく殿御《とのご》というものは身勝手極まりない」

と、富子が腰を上げて、一学の前に膝をつき、平伏したままの一学の手に触れた。その温かな指先の感触に顔を上げた一学に、富子は微笑みながら自分の髪に差した櫛《くし》を抜き取った。

「これを送っておあげなさい」

富子から差し出された櫛を押し頂くように受け取った。その心遣いに一学は胸を詰まらせた。櫛の意匠《いしょう》は、雪景色の橋だった。橋の欄干《らんかん》に雪が積もっていた。

「三河の地と江戸と遠く離れていても、この橋が心を繋いでくれるでしょう。そのくらいのことを文に記すのですよ」

は、はい、と一学は再び平伏した。

「高家のわしにもさすがに色恋の指南は出来かねる。いやあ、富子には敵わん、敵わん」

義央は楽しそうに笑った。


「じつに参りました。顔から火がでそうなほど」

道場の帰り道、山吉新八《やまよししんぱち》へ一学はぼやいた。

山吉は、新貝弥七郎とともに上杉家から吉良家へ養子として入った義周の付人だった。新貝は歳が十以上離れ、少し険のある人物だったが、山吉は明るく人懐っこい性質《たち》で、たちまち一学と山吉は親しく話をするようになった。

山吉もなかなかの遣い手で、今日は特別に山吉の通う神田《かんだ》の道場で稽古をつけてもらったのだ。

「そんなことがあったのか。しかし、殿さまも奥方さまも、お主をまことに可愛がっておるのだな」

「可愛がるというのはおかしいでしょう」

一学は、むっとして応えた。

山吉が、ははははと笑う。

「で、その櫛は早速送ったのか」

「もちろんです。雪中の橋が美しい意匠で、遠く離れていても心を繋いでくれると」

「なるほど、心を繋ぐ橋か。奥方さまも粋なことをなさる。それで、ちゃんと恋しいと綴ったか」

「それは内証《ないしょ》です。ただ、殿は、なにも待たせておくことはない。こちらに呼び寄せたらどうかと。そのことはしっかり」

「ほう、書いたのか。それは願ったり叶ったりではないか。上野介さまといえば、癇《かん》癖《へき》で、気難しいお方だと耳にしていたが、実際、お会いするとまったくそのようなことがない。むしろ、気が抜けたぐらいだ」

山吉の言葉はまことのことだろうと思った。たしかに、義央について流れている噂はろくなものがない。高家として教示をする立場であるからと、公然と賄賂を要求し、他家に赴けば、その家の茶碗や壺を所望するという厚かましく卑《いや》しい性格で、それが叶わぬと激高するという散々なものだ。

しかし、屋敷でくつろぐ義央からはそんなものは微塵も感じられない。富子への気遣いも優しさに満ちている。赤馬の殿さまと領民から親しみを込めて呼ばれる姿そのものなのだ。

「茶でも飲まぬか。喉がからからだ」

和泉橋《いずみばし》の手前、火除け道で山吉に誘われ、茶店に腰を落ち着けた。どこからか、ちらちらと桜の花びらが散ってきた。桃の後は、もう桜かと、一学は空を見上げた。

床店《とこみせ》の並ぶ、賑《にぎ》やかな往来を眺めながら、

「おれも、もう三十路《みそじ》だ。国許のふた親がうるさくてな。早く妻を娶《めと》れと嫁探しをしているらしい」

山吉が茶を喫し、ぽつんといった。

「いいではありませんか」

「うちは貧しいからな。それでもよいという女子なら大いに歓迎するが」

米沢藩は三十万石の大藩であったが、末期養子でなんとか改易《かいえき》をまぬがれたものの十五万石に減封となった。

「石高が半分になったが家臣の数はそれほど変わらないからなぁ。切り詰められるのは藩士の禄《ろく》だ」

それも苦ではないといったような口振りだ。

「上杉家と吉良家は、親戚以上の間柄」

義周が立派に義央の後を継げば、それはそれで、実父綱憲も喜ぶだろうと、いった。

一学もそれを望んでいた。義央はまだ矍鑠《かくしやく》としているが、すでに還暦を過ぎている。とうに隠居していい年齢だ。しかし、勅使饗応《ちよくし》に関する決まり事のすべてを覚えるだけでなく、それらを大名に教える立場というのは大変だ。義周が一人前になるまでは、側についてあれこれと指示をしなければならないと思っているのだろう。

「今、上野介さまは、お忙しそうだな」

「まもなく京から勅使が参りますので。こたびは、饗応役の伊達左《だてさ》京亮《きようのすけ》さまは初めてのお役ではありますが、馳走《ちそう》役の浅野内匠頭さまは二度目。殿も安心しておられるようです」

「浅野内匠頭さま、か」

山吉は茶碗を置くと、ふむと唸った。

「なにか」

「まあ、吉良さまと同じようなものだ。噂にすぎんのだがな」

色好みで衆道《しゅどう》の気もあり、普段は温厚だが激高すると手がつけられず、趣味は火消しで豪華な火事装束を作っては、悦《えつ》に入っているという。

「そのような噂があるのですか」

「だからいったではないか。根も葉もない噂といえば、その通りだ。色好みも衆道も、こたびの饗応役の支障になるとも思えんしな」

茶屋を出て、山吉とともに並んで歩く。右前方には城と、富士の山の偉容がうっすらと見えた。一学は和泉橋を渡りながら、空を見上げる。文と一緒に送った櫛を目にしたら、お美与はどう感じるだろう。橋の向こうにお美与の姿が見えたような気がした。

だが、その数日後の三月十四日、浅野内匠頭長矩《ながのり》は、江戸城松の廊下にて、高家肝煎、吉良上野介義央へ刃傷《にんじょう》に及んだ。

義央は、額と背に傷を負わされ、刃を振るった浅野長矩は即日、切腹《せっぷく》となった。

三

大高源吾は、じりじりと間合いを詰めてくる。左右にも、赤穂の者がいる。雪が一学の足を凍らせる。

不意に義央の顔が浮かんだ。

大殿を守らねばならぬ。一学は、刀を霞《かすみ》に取り、右の者の胴を打ち、続けざまに左の者の脛《すね》を狙った。ふたりの呻く声が上がると同時に、そのまま下段から、大高の喉元へ切っ先を向けた。

「源吾！」

その声とともに、一学の背後で槍が振り下ろされた。一学は左に飛んで、槍先をかわすと、駆け出した。

抜き身のまま、一学は邸内を駆け抜ける。

大殿の寝所が、知られていないことを祈るばかりだった。

「ご免くだされ」

一学は義央の寝所へと足を踏み入れた。

騒ぎの中、義央はすでに目覚めていた。

「一学、何事か」

「赤穂の者どもが参りました」

義央の顔に驚愕が走る。口をぱくぱくとさせるだけで、言葉にならぬようだった。

「大殿、こちらへ」

寝所から連れ出そうと伸ばした一学の手を上野介がふり払った。

「なにゆえだ……」

義央が声を震わせていった。

「なにゆえ、わしが討たれねばならんのだ。浅野家が断絶したのは、わしのせいではない」

「承知しております。しかし赤穂の者はそうは思ってはおりませぬ」

「わしが浅野に何をした。饗応役を無事果たすための教示をするのは、高家として当然のことだ」

義央が、苛立《いらだ》つようにいった。

「あの日、わしは、浅野が乱心したと申し上げた。だが浅野は乱心ではないといったのだ」

それが、そもそもの間違いだった、と義央はいった。

「乱心でないというのならば、なにゆえ奴はわしの非を評定《ひょうじょう》の場でいわなかったのか。わしを責め立てればよかったのではないのか。遺恨があるなら、はっきりと申し述べるのが筋《すじ》であろう」

さすれば、お上の裁断も違っていたはずだ、町人どもが、片落ちだのと騒ぐこともなかった、と義央の声が恐怖から怒りに変わり、次第に大きくなってくる。

「わしとて武士じゃ。どのような沙汰《さた》が下されようとも、受け入れる覚悟はあった」

喧嘩であれば両成敗《りょうせいばい》。しかし、義央は刃を抜いていない。が、勅使饗応の大事な日に起きた刃傷沙汰に、疳性《かんしょう》の将軍綱吉《つなよし》が憤《いきどお》らぬはずがなかった。これは両者の遺恨ではなく浅野が吉良に勝手な恨みを抱いた末の所業と片付けた。

それが町人の間に広がった。片落ちの裁断だと、瓦版《かわらばん》が書き立てた。田舎大名と誹《そし》られただの、付届けにケチをつけられただの、くだらぬ話が江戸中に広がり、吉良は高家肝煎という権勢を振りかざす老獪《ろうかい》な人物だと決めつけられた。

呉服橋内の屋敷から、大川を越えた本所に屋敷替えを命じられたのも、お上が片落ちを認めたためで、仇討ち勝手としたという噂まで流れた。

さすがに義央も、「公方《くぼう》さまに見捨てられた思いがした」と、富子にもらしたという。むろん、吉良家でも赤穂の浪人を警戒した。

だが、赤穂の者は動く気配がなかった。藩主の一周忌をすぎたあたりから、吉良家
でも、気が緩《ゆる》んだのはたしかだ。

「あやつは、わしをいきなり斬りつけ、その理由もいわずに腹を切ったのだぞ。なぜだ。わしが恨まれる道理がどこにあるのか」

「大殿。声が高《たこ》うございます。赤穂の者に見つかっては元も子もありません。いまはそのお命を守ることだけお考えくだされ」

一学は、義央を寝所から連れ出し、赤穂の者がいないことを確かめてから、邸内にある物置へと入った。鉢や皿などの並ぶ棚の奥に炭が積まれている。遠くから大声が聞こえてきた。義央を捜す赤穂の者の声だ。一学は、義央を棚の後ろへと座らせた。

何かを悟った義央は虚《うつ》ろな眼をしていた。

「いささか寒うございますが、ここでしばらくご辛抱ください」

一学が離れようとすると、義央がその袂《たもと》を掴んだ。骨張った老人の指が必死に一学の袂を引いた。

「ここにいてくれまいか。ここにいてくれまいか。のう、三郎」

一学は愕然とした。赤馬の殿さまが、哀れなひとりの老人に見えた。亡くした子の面影が一瞬一学と重なって見えたのかもしれない。

「大殿をお守りするのが、私の役目です。これまでの御恩をお返しするのは、いまより他にございません」

「富子が屋敷におらなんでよかった――」

一学は、義央の手を握り、袂からその指をゆっくりと離させた。

義央が我に返ったように呟いた。かすかだが笑みを浮かべているかに見えた。お美与の姿が一学の脳裏を掠める。

会いたさが募《つの》った。富子が繋いでくれた橋をもうすぐ互いに渡ることが出来るのだ。その思いが己を奮い立たせた。

大殿を討たせてはならん。討たれれば、我らが不忠者と誹られる。

義央を恨み、勝手に激高した浅野のほうこそ、道理もわきまえぬ馬鹿者だ。

赤穂の城を明け渡し、御家再興の夢も潰《つい》えたがゆえ、残されたものが仇討ちだというのか。殿さまも身勝手なら、家臣もやはり身勝手なのだ。無念を晴らす、とはなんだ。吉良憎しの訳もいわぬまま逝《い》った浅野に非があるのだ。そんな殿さまのために、忠義面をしている赤穂の浪人もまた、うつけだ。

一学は、物置の戸をぴたりと閉め、廊下へと躍《おど》り出た。

池に掛かる太鼓橋が見えた。雪化粧の橋だった。富子が譲ってくれた櫛の意匠そのままの橋だ。今ごろ、気づくとは。この凄惨《せいさん》な状況の中、美しい、と一学は呟《つぶや》いた。

この橋の雪が溶けたら……。

一学は雄叫《おたけ》びを上げた。


吉良家当主である義周は長刀《なぎなた》で奮戦したが、奇《く》しくも養父義央と同じく額を傷つけられ、背も切り裂かれた。その衝撃で、義周は気を失い倒れ臥《ふ》した。くずおれるその瞬間、その耳許に、赤穂の浪人の、

「夜が明ける前に吉良を捜せ！」

その怒声が響いた。

義周が意識を取り戻したのは、それから半刻ほどであったろうか。

笛の音が遠くに近くに聞こえてくるとともに、鯨波《げいは》が上がったような気がした。

己の横に、誰かが横たわっているのが、見えた。まだ朦朧《もうろう》としたままの義周は、その者の身体を揺さぶった。鉄錆《てつさび》のような匂いが座敷中に満ちている。

「しっかりせぬか、しっかりせぬか」

その身体を抱えた義周は、掌《てのひら》にぬるりとした感触を得た。

「おおお」

義周は呻いた。

首元、太腿、腹を滅多《めった》刺《ざ》しにされ、息絶えていた。義周を守るのに必死であったのだろう。その周りには黒く血溜まりが広がっていた。よろよろと立ち上がった義周は、ねっとりとした血に足を取られ、転がった。背の傷が焼けるように痛んだ。

「義父上《ちちうえ》は、義父上はどこじゃ！」

端麗《たんれい》な顔に幾筋もの血が流れ、顎《あご》からしたたり落ち、夜着は背の傷から噴き出した鮮血によって赤く染まっていた。

「若殿！　ご無事でいらっしゃいますか」

大刀を引っさげたまま、座敷に飛び込んできたのは、山吉新八だ。刃はもうずたずただった。鞘に納めることなど不可能なほど、曲がっていた。

「山吉か。私は大事ない。それより、義父上は？　義父上は、いずこじゃ！」

山吉も二ヵ所に傷を負っている。そのせいか息が荒くなる。

「――まことに、無念なれど」

義周は茫然《ぼうぜん》と立ちすくむ。

「あの者どもに、あの暴徒どもにしてやられたというのか！　これが仇討ちだというのか！　手向かいひとつできぬ老人の首級《しるし》を挙げることに、なんの誉《ほま》れがあろうか。これが武士の忠義か、一分《いちぶん》か！」

義周は、再び血に染まった床の上に手をつき、声を限りに叫んだ。

「若殿、まだ浪人どもが邸内におらぬとも限りませぬ。いまは堪《こら》えてくださいませ。私が表を見て参ります」

「平八郎はどうした？」

養父の心配はむろんではあるが、当主になってまもない義周には吉良家家老、小林平八郎の安否も気になったのだろう。

「それも確かめて参ります」

「我が父は、吉良を見捨てられたのか？」

「上杉さまからの援軍があっても、間に合わなかったでしょう」

恐れながら、長刀をお借りします、と山吉は、義周を衝立《ついたて》の陰に隠し、座敷を後にした。すでに夜が明け始めている。山吉の眼前に、凄惨な光景が広がっていた。長く延びた廊下は、血にまみれ、痛みに唸り声を上げる者、すでに息絶えた者が転がっていた。その惨状には眼を覆うばかりであった。まずは医者を呼ばねばならぬ。

幾人が討たれたのであろうか。

山吉は、長刀を構え、隠居所の北側の長屋へ回った。女物の赤い小袖に気づいた。

女までも、と山吉が怒りを涌《わ》き上がらせ、その小袖を剝《は》ぐと、首がなかった。

代わりに、ごろりと転がってくるものがあった。眼を見開き、苦悶《くもん》の表情を残したままの家老の小林平八郎の首だった。

うっ。

山吉は思わず飛びすさる。血染めの小袖であったのだ。

浪人どもの姿はすでにない。

山吉は、身を翻《ひるがえ》した。

長屋の戸はすべてかすがいで打ち付けられている。長屋の中では、息を潜めて、この殺し合いが終わるのを怯《おび》えながら待っていたのだ。長屋の前で倒れているのは、騒ぎに驚き飛び出してしまった者だろう。

山吉は、戸を破りすぐさま出て来るよう命じた。

「医者を呼べるだけ呼べ。息のある者を捜し出し、手当をするのだ」

「山吉さま」

背後からの声に山吉は振り返った。作兵衛が血まみれになって立っていた。

「上杉さまのお屋敷まで行くよう、清水さまにいわれたのですが、両国橋の袂で出入りの豆腐屋に会ったので、次第を告げ、戻って参りました」

「ご苦労だったな。だが、すべて終わった。怪我人を捜してくれ」

顔を歪《ゆが》めた作兵衛はすぐに踵《きびす》を返した。

一学は、新貝どのは——無事なのか。

山吉はまず玄関に倒れている新貝の亡骸《なきがら》を見つけた。なだれ込んできた浪人どもと最初に対峙したのだろう。十数ヵ所の傷があった。

「一学！　一学はおらぬか」

山吉は廊下を歩きながら叫んだ。幾枚もの襖を荒々しく開け放ち、幾つもの座敷を見て回った。山吉はいつの間にか小走りになって邸内を巡りながら、一学の名を呼び続けた。台所の前でうつ伏せに倒れていた者が、足首をいきなり摑んできた。

「いましばらく待て。いま医者がくる」

かすかに首を動かした者が、「あ、ちらに」と指を差した。

台所にふたり、いた。壁を背に座り込むようにして一学が眼を見開きこちらを見ていた。だがその瞳に、もう光はなかった。

あたりには血が夥《おびただ》しく散っている。

「一学！」

山吉が駆け寄りその身を抱いた。

「しっかりしろ。もうすぐ許嫁《いいなずけ》が来るのではないのか！」

一学は、ふと笑みを浮かべ、眼を閉じると、山吉の肩にことりと頭を預けた。山吉は歯を食いしばった。一学をその場に横たえると、表門から、山吉は通りへと出た。

暁闇《ぎょうあん》の中、赤穂の浪人どもが隊列を組んで去って行くのが見えた。

槍に掲げられた吉良上野介義央の首級とおぼしき布包みが隊列の前方でゆらゆらと揺れていた。

赤穂の者たちに踏みしだかれた雪は土にまみれ、汚泥に変わっている。その向こうには、まだ純白な雪を抱いたままの両国橋があった。

山吉は、絶叫したいほどの衝動にかられながら、己の口許を懸命に押さえつつ、その場に膝をつく。

嗚咽《おえつ》とも、呻きともつかぬ声が指の間から洩れた――。

これが仇討ちか、そう叫んだ義周の言葉が山吉の脳裏に憤りとともに甦《よみがえ》った。

本所二ツ目の吉良邸に討ち入った赤穂浪士四十六名には、切腹の沙汰が下され、藩主浅野内匠頭長矩と同じ、泉岳寺《せんがくじ》に葬《ほうむ》られた。

世間は、赤穂義士と讃《たた》えた。

一方、吉良家当主義周は、当夜の奇襲に対し、計らいよからずと責を受け、信州諏《しんしゅうす》訪《わ》に送られ、二十一歳で逝った。

吉良家の死者は十七名、その後、重傷であった者が九名死んだ。そのほとんどの死者の法名も墓も不明である。

ただ、義央を亡くした富子に仕えた美与という侍女が、吉良忠臣の菩《ぼ》提《だい》を弔《とむら》い続けていたという。

与五郎の妻

諸田玲子

一

ゆいは、懐中に扇《おうぎ》を忍ばせている。

日に何度となく開いてみずにはいられなかった。

折り目のついた和紙に墨で飛翔する数羽の鶴が描かれている。片隅に「与」の字が小さく添えられていた。その字を見るたびに血が駆けめぐり、胸の鼓動が速まる。

扇をとどけてきたのは、半年ほど前に御用達《ごようたし》になった酒屋の庄助《しょうすけ》だった。庄助は店へやってくる小間物売りに「森《もり》家の下屋敷に出入りしている」と話をしたことがあるそうで、あるとき「お長屋にお住いの江見甚右衛門《えみじんえもん》さまのご妻女は、もしや吉村兵部《よしむらひょうぶ》さまの御娘、ゆいさまではございませんか」とたずねられた。そうだと答えると、

「ではこれを……」と扇を託されたという。

注文したのはとあるお女中で代金は支払い済み、ところが出来上がってもいっかな

取りに来ない。困っていたところだと小間物売りは説明したそうだが――。

「さて、どうだか。どこぞで奥さまを見かけて懸想《けそう》したんじゃござんせんかね。なかなかの色男でございますから」

心当たりはまったくなかった。妙な話だとゆいは首をかしげたが、桐箱の中から扇を取り出して開いたとたん、あッと声をあげそうになった。幸い庄助はゆいの動揺には気づかない。ゆいは平静をよそおい、小間物売りの名をたずねた。

「美作屋善兵衛《みまさかやぜんべえ》さんと申します。はじめは扇の行商をしておりましたがそれだけでは糊口《ここう》をしのげないとか、今は本所《ほんじょ》二つ目、相生町《あいおいちょう》の米屋に住み込んで店の手伝いをしておるそうで。名も小豆屋《あずきや》善兵衛に改めたと……」

ゆいはおもわず善兵衛の風貌をたずねていた。扇を見た上に「美作屋」と聞けば、自《おの》ずと浮かぶ顔がある。中肉中背ながらも骨太のがっしりした体つき、目鼻の整った彫りの深い面立ち、きりりとした双眸《そうぼう》……やはり、そうだ。が、好奇心むきだしの庄助には、心当たりがないと首を横にふって見せる。

「そういえば、お道《みち》さまのお見舞いにいらしたお女中が珍しい扇をお持ちでした。どこであつらえたかとおたずねしたことがありました」

「では、そのお方にございましょう」

庄助はあっさりうなずいて帰っていった。ひと月ほど前のことである。

それからというもの、ゆいは寝ても覚めても扇の贈り主のことが頭から離れなかった。図柄こそちがえ、舞鶴《まいづる》は森家の家紋だ。森家は五年前まで美作国津山《つやま》城主だった。当時、ゆいは江戸詰の夫と江戸屋敷の長屋で暮らしていたが、騒乱が起こり津山森家十八万六千五百石は改易、夫と離縁を余儀なくされた。それでも森家は由緒ある家柄だったので、とうに隠居していた元当主が隠居料二万石を賜《たまわ》って返り咲き、小大名としてかろうじて生き残ることができた。いったん実家へ帰ったゆいは再嫁し、今は江戸作事奉行の妻になっている。

この五年、前夫の消息は途絶えていた。風の噂では某大名家へ仕官したとも聞くが、定かなことはわからない。

前夫の名は――神崎与五郎《かんざきよごろう》。

庄助が話していた風貌からも、扇にそえられた「与」という字からも、小間物売りが前夫であることはまちがいなさそうだ。が、与五郎は武士だった。万にひとつ、大名家を再び致仕《ちし》して浪人になっていたとしても、商人になるとはおもえない。いや、食い詰めて餓死《がし》寸前となり、大小の刀まで売り払ってしまったとしたら……。

それはともあれ、与五郎はなぜ、今になって離縁した妻に扇をとどけてきたのか。

もしや自分が江戸にいることを知らせようとしたのではないか。知らせて、どうする？　会ったところで、失われた日々は帰らない。

五年前の出来事はおもいだしたくもなかった。あまりに辛くて胸がかきむしられそうになる。ゆいはこれまでけんめいに忘れようと努めてきた。

与五郎とは夫婦仲も円満だったし、一男一女の子宝にも恵まれた。何事もなかったら、今このときも仲睦《なかむつ》まじく日々をすごしていたにちがいない。そう、驚天動地の不幸にみまわれさえしなければ……。


「なんじゃ、ここにおったか」

夫、江見甚右衛門の声がして、ゆいはぱちんと扇を閉じた。あわててふところへもどしたとき、夫が入ってきた。

「申しわけございませぬ。ぼんやりしておりました」

「風邪でもひいたのではないか。顔色がようないぞ」

「いえ、さようなことは……」

夫がかたわらにあぐらをかくのを見ながら、ゆいは気持ちを落ちつかせようとおくれ毛をかきあげた。

「寒い中、出かけるからだ。買い物なれば留吉《とめきち》にまかせよ。というても、あれも気が利かぬ男ゆえ……」

なにげない雑談である。それなのに脇の下が汗ばんでいる。

このひと月、一度ならず本所へ行きかけた。与五郎に会って扇をとどけてきた理由を訊《き》くためだ。なにかわけがあるのではないかとおもうと、じっとしてはいられない。

下僕《げぼく》の留吉をつれて買い物に出かけたはよいものの、本所は遠い。両国橋《りょうごくばし》を渡らなければならない。途中の日本橋《にほんばし》でたいがいの用は足りてしまい、訪ねてゆくのも気後れがして、結局、ひきかえしてしまった。

「そうじゃ。年明け早々には備中《びっちゅう》へ行かねばならぬ。今年は雪が多いゆえ、積雪次第で出立は遅れるやもしれぬが……」

「西江原《にしえばら》にございますか」

「後月《しつき》、浅口《あさくち》、小田《おだ》……老骨には荷が重いがのう」

西江原には陣屋がある。津山時代とちがって飛び地の寄せ集めでなにかと厄介だが、改易後に当主に返り咲いた父親から家督を相続した長直《ながなお》は、自ら領地をめぐり、不公平な年貢取り立てを是正したり新たな産業を奨励したりと身を粉《こ》にして働いている。

十八万余石から二万石に減封されたために、家臣団も大幅に縮小された。江戸詰の作事奉行も、今や自分の役目をこなしているだけでは許されない。

甚右衛門はゆいより二十一歳も年上だ。裕福な大名家の家臣団につらなって大きな波風もなくぬくぬくと生きてきた夫にとって、ここ数年の激動は青天の霹靂《へきれき》さながら、右往左往するばかりだった。それでも残留組に入れたのは不幸中の幸いである。

もとより有能な家臣とはいいがたかった。が、良き夫、良き父なのはたしかだ。先妻を亡くし娘たちを他家へ嫁《とつ》がせた男の後妻となることに当初は気乗りがしなかったゆいも、今は凡庸ながら人の好《よ》い夫との平穏な暮らしに満足していた。もし甚右衛門と再婚していなかったら、子供たちを手放すことになっていたかもしれない。

「早めに仕度をしておきます。綿入れも縫うておきましょう」

「この歳で長旅はきついが、文句はいえぬの。浪人があふれている昨今、禄《ろく》をいただく主家があるだけでもありがたいとおもわねば」

「こうして不自由のう暮らせますのも、旦那さまのお働きのおかげにございます」

若いときのゆいだったら、野心とも反骨魂とも無縁で事なかれを旨《むね》とする夫が歯がゆくて、軽侮《けいぶ》の念すら抱いていたかもしれない。

与五郎は、甚右衛門とは正反対だった。なにごとにも命がけでぶつかってゆく。手をぬくことができない。良い例が元禄《げんろく》八年十月から十二月にかけて津山森家が幕府に命じられた中野《なかの》の御犬小屋築造で、この、国をあげての大事業の際は、それこそ寝る間も惜しんで働いていた。それでもおもうようにいかないことが多々あるのか、長屋へ帰ってくるたびに憔悴《しょうすい》の色は濃くなってゆくように見えた。このころから、与五郎は人が変わったようで、怒りっぽくなったとゆいは感じている。

生来の与五郎は、書物に親しみ、書をよくし、俳諧《はいかい》を好む温厚な男だった。礼儀正しく、ふだんは寡黙だが口を開けば理路整然と語り、妻子の前でも折り目を正して、甚右衛門のようにくだけた物言いはしなかった。ただし酒はめっぽう強い。浴びるほど呑んでもけろりとしていた。夫が酔いつぶれるようになったのも、おもえば、御犬小屋築造に駆り出されたころからだ。

過酷な御犬小屋築造は当主にも心労を与えたようで、完成後いくらもしないうちに当主は急死、さらには家督を継ぐはずだった嗣子《しし》までが発狂、津山森家は改易となり、城の明け渡しを命じられた。知らせを聞くや、江戸にいた与五郎は即刻、津山へ駆けつけた。籠城、さもなくば城を枕に討死——そう覚悟していたらしい。だからこそ、ゆいや子供たちに罪がおよばぬよう離縁したのだ。離縁をいいわたされたゆいは、武士の妻にあるまじく取り乱した。行かないで死なないで、とすがったものだが、そうじながらも胸のどこかでは、夫の心はもはや家族にはない、元にもどる日は来ないのだと鋭敏に感じとっていた。もし夫が命を惜しみ、家族のために大義を棄てていたとしても、心からよろこべたかどうか。

徹底抗戦は行われなかった。津山城は開城となり、行き場のなくなった家臣たちの多くは各々ゆかりの大名家へ引きとられた。

「旦那さまはいずこへいらしたのですか」

ゆいは父にたずねた。が、父は知らぬ存ぜぬの一点張りだった。

「新たな主君のもとで一から出直すことになろう。あの男のことだ、心配はいらぬ」

「落ち着き先が定まりましたなら、子らをつれて参りとうございます」

「馬鹿を申すな。一世一代の覚悟で出奔《しゅっぽん》した男だ、すでに縁は切れておる」

その言葉が真実だったとしても、甚右衛門との縁談が舞い込んだときはもう、父は与五郎の消息を知っていた。

「さる大名家に仕官が叶《かの》うたそうな。妻女《めと》も娶られたと聞いておる」

娘に引導を渡すために調べさせたのか。

「いずこの大名家にございますか」

「訊いてなんとする？　すんだことだ。忘れよ」

父のいうとおりだった。幼い子供たちの手をひいて遠国《おんごく》までゆけるはずもない。しかも与五郎には後妻がいるという。自分の出る幕などあろうか。

ゆいは与五郎への未練を断ち切った。断ち切ろうとした。この先もおもいだすことはないだろうとおもっていた。扇を見るまでは――。


「明後日は煤払《すすはら》いか。大雪にならねばよいが……」

「え？」

「ほれほれ、上《うわ》の空ではないか。おまえはこのところ妙だぞ」

「申しわけございませぬ。実は、お道さまの御病が気になって……見舞いにうかがおうとしていたところでしたので……」

「快方にむかっておられると聞いておったが……」

「この寒さゆえ、またお熱が……」

「わかったわかった。見舞《みま》うてさしあげるがよい」

「ありがとう存じまする」

安堵半分、うしろめたさ半分、ゆいは逃げるように腰を上げた。

二

お道さまほど、お気の毒な女性《にょしょう》はいない——。

ゆいはそうおもってきた。が、近くに住んで行き来をするようになった今は、本当にそうかしら、とおもうことがままある。

お道は森家の当主、長直公の妻女だった。だった、というのは、離縁しているからだ。三女を生《な》し、一人は夭逝したものの二女を育てているため、離縁後も下屋敷の長屋で子供たちと暮らしている。

離縁されたのは、津山森家が改易となったためだ。それまでは家督相続などありえぬと自他共に認め、重臣の娘、お道と所帯をもって長屋暮らしをしていた八男の長直に、突然、嗣子の座がまわってきた。家督相続人となれば、ゆくゆくは一国の大名である。身分に見合う正室を迎えなければならない。

長直は泣く泣くお道と別れ、信州飯田《しんしゅういいだ》の堀大和守《ほりやまとのかみ》の妹、お紋《もん》を正室として上屋敷へ迎えた。はじめはお道をそのまま側室に、という話もあったようだが、お道は断固として首を縦にふらなかった。それではお紋さまに申しわけが立たない、家臣への示しもつかないからと、さっさと下屋敷へ移ってしまった。長屋では家臣たちの目があるから、長直がお忍びで訪れるわけにはいかない。

改易のおかげで離縁を強いられたのは自分も同じ。ゆいにはお道の不幸が他人事とはおもえなかった。それにしても、歳の近い子供たちのいる二人が親しくなるのに時間はかからなかったが、それにしても、お道は不幸を背負っているようには見えない。

ゆいが見舞いに訪れたこの日も、お道は明るい笑い声を立てていた。遊んでやっていた子供たちを侍女と共に下がらせ、ゆいに手招きをする。

「起きていらして、よろしいのですか」

「もうすっかりようなりました。それよりゆいどののほうがあまり元気がありませんね。なにか心配事がおありなのですか」

お道はゆいの目をじっと見た。いいえ……と答えたものの、夫とちがってお道の目はごまかせない。いや、それがわかっていたからこそ、だれかに聞いてもらいたくてお道に会いに来たのかもしれない。

「わたくし、変なのです」

「変？」

「はい。今になって自分の選んだ道が正しかったかどうか気になってしまって。お道さまのように独りで子供たちを育てる手だても、あったのではないか、などと……」

「それは、今のご主人に不満がある、ということですか」

「いいえ、いいえ、めっそうもございませぬ。さようなつもりはこれっぽっちも……。主人は良き夫にございます。わたくしの連れ子をわが子のように可愛がってくれますし……ただ……」

ゆいは唾《つば》を呑みこんだ。上手《うま》くいえない。夫への不満ではなく、自分自身への非難なのだということを、どうしたら説明できるのか。

「前夫のことです。前夫は死を覚悟して津山へ駆けつけました。それゆえ離縁をせざるをえなかった。なれど子まで生した仲なれば、なぜあのとき消息を調べ、お待ちしているとお伝えしなかったのか、と。父のいうことをうのみにしたばかりに……」

話しているうちに恥ずかしくなってきた。そうではない。五年前のことではなく、問題は今の自分の気持ちだ。

ようやく甚右衛門との暮らしに馴れてきたところへ、前夫からの意味ありげな進物をうけとった。与五郎とは若き日々、喜怒哀楽を分かち合った。はじめて抱かれた日、子を授かった喜び、稚児の病に夫婦で不寝の看病をした夜も……親の決めた男のもとへ従容《しょうよう》と嫁いでゆく女たちの中で、惚《ほ》れ惚《ぼ》れと夫を眺め、その一挙手一投足に胸をときめかせることのできる自分を、ゆいはまれにみる果報者だとおもっていた。今の夫にどんなに満足していようとも、それは、与五郎のいない心の穴を埋めてくれるものではない。

お道は探るような目を向けてきた。

「なにか、あったのですね。話してごらんなさい」

うながされて、ゆいはためらいつつ扇を見せた。

「あの人がなぜこれをとどけてきたのか……見当もつきませぬ。なれど、今、江戸におられるのなら……」

「お逢いしたい。そうですね。ゆいどのは、そのお気持ちを抑えられない……」

「いいえ。わたくしは……わたくしは案じているのです。なにかお困りのことがあって、それで助けを求めているのではないかと……。離縁をしたといっても子供たちにとっては実の父親なのですし……」

「ゆいどの。ご自分の心を偽ってはなりませぬ」

お道はこの日はじめて厳しい顔を見せた。

「扇を見て、封印していた昔をおもいだした。逢いたくてたまらなくなった。お子たちの実父だからではなく、夫だった人として。そうではありませんか」

ゆいは身をちぢめた。小さくうなずく。

今の暮らしをこわすつもりはなかった。危険を冒すのはこわい。それでも逢いたいとおもうのは、やはり未練があるからだろう。

「お道さまのおっしゃるとおり。わたくしは与五郎さまにお逢いしたい。でも、逢《お》うてはならぬことも承知しております。せめて、逢えぬまでも、この扇がなにゆえ贈られてきたのか、それだけでも知りとうございます。与五郎さまのご様子を知る手だてはないものでしょうか」

ゆいは両手をついた。実家の父が存命なら、なんとか問いつめて聞きだせたかもしれない。が、父は昨年、鬼籍に入っていた。夫には話せるはずもなく、となればお道にすがるしかない。

お道は畳の一点を見つめていた。思案している。

「神崎与五郎どのは、小間物売りをしておられるのですね。本所相生町の米屋、名は小豆屋善兵衛……わかりました。あとはわたくしにおまかせなさい」

心利いた家来をやって探らせるという。暮らしぶりを見とどけ、離縁した妻に扇を贈ったいきさつを聞きだせば、与五郎が扇にこめたおもいも自ずと明らかになるはずだ。

ゆいは「よろしゅうお願い申します」と頭を下げた。お道に相談して心の重荷が半減している。一方のお道は、まだ硬い表情をくずさなかった。

「逢うも逢わぬもゆいどのの自由、どうせよ、とは申せませぬ。でもね、ゆいどの、ゆいどのにはお子がおられるのです。軽はずみなことをしてはなりませんよ。覚悟もないのに逢うて噂がひろまっては、取り返しのつかぬことになります」

立ち話をしただけでも邪推をされかねない。長屋とはそういうところだ。門外も安心はできない。江戸市中はどこに耳目《じもく》があるか。

「肝《きも》に銘じます」

神妙に答えると、お道はようやく表情を和らげた。

「想いを残したまま心ならずも別れたお人に逢いたいとおもうのはあたりまえです。でもね、ただ逢いさえすればよい、というものではありますまい。逢えばかえって辛《つろ》うなる。逢わずにいるからこそ、育《はぐく》まれるものもあるのですよ」

「育まれるもの……」

「ゆいどのですから正直に申しますとね、ふしぎなことに、わたくしは今、昔より殿さまを身近に感じるのです。おそらく殿さまもそうではないかと……」

お道は自信に満ちていた。勝ち誇った、とも見える笑みが浮かんでいる。

「逢いたくて逢えぬのは切ないことですが、そのぶん、幸せな思い出が次々によみがえって参ります。こればかりは、だれも取り上げることはできませぬ。太刀打《たちう》ちもできない。お気の毒なのは、そう、お紋さまのほうやもしれませんよ」

三

師走《しわす》の十三日は年に一度の煤払いである。将軍の住まう江戸城から下々が暮らす長屋まで、尻《しり》っぱしょりに頰かむりをした人々が煤竹《すすだけ》で天井の煤を払う。

ところがこの日は朝から大雪だった。森家の下屋敷ではやむなく一日日延べをしたが、あいにく十四日の未明まで雪が降りつづいていた。

「縁起事ゆえ台所の煤は払うべし。大掃除は後日、各家、勝手次第に行うこと」

組頭が触れ歩いたものの、埃《ほこり》が立たなくてよいと大掃除をはじめる家もあって、長屋は人が出たり入ったり、静謐《せいひつ》な雪の朝らしからぬ喧噪《けんそう》になった。

ゆいもたすき掛けに姉さまかむり、留吉や下女たちに手伝わせて甲斐甲斐《かいがい》しく掃除にとりかかる。十になる息子は屋敷内にしつらえられた学問所へ、七つの娘も長屋の娘たちとお針の稽古《けいこ》、夫はこの朝も「大儀、大儀」とぼやきながら雪除けの藁沓《わらぐつ》で足ごしらえをして、龍ノ口《たつのくち》にある上屋敷へ出かけている。

大掃除をはじめていくらも経たないうちだった。

「えー、お声をかけましたんでございますが、相すみやせん」

「庄助さんッ」

庭先から声をかけられて、ゆいは仕事の手を止めた。濡れ縁へ出てゆく。

「庇《ひさし》の下へお入りなさい」

といっても雪はもう止みかけていた。

「いえ、あっしはすぐに。あちらへお酒をおとどけにあがりましたんで……へい」

煤払いのあとは掛け蕎麦《そば》がならいだが、となれば酒も付き物、不足分を配達にきたという。庄助は二、三歩近づき、かぶっていた手拭《てぬぐい》をはずして肩の雪を払い落した上で膝《ひざ》を折って辞儀をした。

「実は、例の小間物売りから頼まれました」

ゆいははっと身をこわばらせる。

「扇の……」

「へい。よけいなお節介をする気は毛頭ございやせんが……なにか、どうも、せっぱつまったご事情がおありのようで……」

庄助が左右を見たので、ゆいもおもわず周囲に目を走らせた。幸い二人を見ている者はいない。

「ご事情とは……」

「ご本人におたずねください。すぐそこの、神明宮《しんめいぐう》にてお待ちにございます」

庄助は小間物売りの素性を知っているのか、扇をとどけにきたときよりいちだんと丁重な物言いである。

知っていようがいまいが、ゆいはそんなことにかまっているひまはなかった。

与五郎が、神明宮で、自分を待っている——。

おどろきのあまり、返す言葉が見つからない。

庄助は早くも退散しようというのか、頬かぶりをしなおした。

「明日にはどこぞへお発ちになられますそうで……今をおいて他になし。雪道をご苦労なれど、ひと目お会いしてお別れを申し上げたいと仰せにございます」

お別れ——。

与五郎はまた江戸を離れるのか。次なる仕官先が決まって、主家の国元へ同行することになったのかもしれない。

ゆいは鳩尾《みぞおち》に手を当てた。

お道から軽はずみはつつしむようにと釘を刺されている。どこでどう噂がひろまるか、よほどの覚悟がなければ逢うべきではないということも、重々承知していた。けれど……。

遠国へ行き、もう帰ってこないつもりなら、これは与五郎に逢う最後の機会だった。自分のことはさておいても、子供たちは与五郎にとってもわが子、様子を知りたいとおもうのは当然である。

「神明宮といっても……」

境内は広い。昨日来の雪で人足はまばらだろうが、いつもなら茶屋や矢場、食べ物屋などよしず掛けの小屋が立ち並んでいて、人捜しには難儀をする。

庄助はうなずいた。

「いちばん奥の稲荷《いなり》社の裏手の雑木林で待っておられるそうにございます。あっしの口からはこれ以上は申せませんが、いえ、ご心配にはおよびません。礼儀正しい、律儀なお人にございますから……と申しますのもおかしな話で……」

庄助が苦笑したのは、自分以上にゆいのほうがよく知っているとわかっているからだろう。与五郎は二人のことをどこまで庄助に話したのか。

「煤払いの最中に申しわけございませんが、ぜひともご足労、願いたく……」

「わかりました。折をみて、いえ、できるだけ早《はよ》う」

「へい。では、あっしはこれで」

庄助はぺこりと頭を下げて帰っていった。雪が止んで、空は明るくなっている。

ゆいはしばらく動けなかった。茫然《ぼうぜん》と立ち尽くすばかりだ。

五年前は騒動の最中だった。どちらも頭に血がのぼっていた。互いをおもいやり、冷静に対処できたかといえば、否《いな》である。突発的なあわただしい別れにただ押し流されてしまった……。

これは、千載一遇の機会だろう。逢わなければ一生、後悔するかもしれない。

ゆいはもうたすきをはずしていた。

「留吉。ちょっと出かけてきます。すぐにもどるゆえ、皆にはいわぬように」

「では手前がお供を……」

「すぐそこです。供は無用。それよりおまえは万事、手抜かりなきよう」

玄関へ向かう前に自分の居間へ立ちより、鏡をのぞいて髷《まげ》をととのえる。小指の腹にほんの少しだけのせた紅でくちびるをなぞった。結局は懐紙でふきとってしまったものの、まるで忘れていた若き日のときめきがもどってきたかのようだ。

ゆいはぬかるみを用心して小袖《こそで》の裾をたくしあげ、高下駄《たかげた》を履いた。長屋をあとにする。ざわついているのも好都合、だれにも見とがめられずに門を出た。

森家の下屋敷は海沿いにある。海岸と反対側の表門のほうの道のふたつ先の通りに、神明宮の鳥居があった。

陽が射している。とはいえ、夜も降りつづいていたせいでまだ、下駄の歯が埋まるほど雪が積もっているところもあった。境内は閑散として、仕度だけはしたものの商いを断念したのか、店じまいをしながら恨《うら》めし気に空を見上げている者もいる。

ゆいは、ころばぬようにと慎重に最奥の稲荷社へ急いだ。

稲荷社にも人影はなかった。それでも四方を注意深く見渡してから裏手へまわりこむ。雑木林へ足をふみいれるまでもなく名を呼ばれた。待ちかまえていたように、林の中から人影があらわれる。

「旦那さま……」

「ゆい、どの。よう来てくれた」

二人はしばし無言のまま見つめ合った。

ゆいは与五郎の変化に内心おどろいていた。多少痩《や》せはしたものの体つきはさほど変わらない。腰の大小が消えて侍髷から町人髷に変わったことや、別れたとき三十代前半だった男が三十七になったことだけなら、今さらおどろくことではなかった。黒ずんだ肌や目元のしわ、鬢《びん》の白髪がこの五年の苦難を物語っているとはいえ、それも十分に想像していたことである。

では、なににおどろいたのか。与五郎の全身から発散する熱気、とでもいおうか。御犬小屋の築造に駆り出されていたころの苛立《いらだ》ちや焦燥《しょうそう》は影をひそめ、五年前の改易の際の悲憤に満ちた激しさともまたちがって、なにかが吹っ切れたような……くたびれた風貌とは裏腹に、むしろ結婚当初にもどったかのように生き生きとしている。

与五郎は最上の仕官先を見つけたにちがいない。

ゆいは微笑していた。なつかしさと安堵、寂しさの入りまじった微笑だ。

与五郎もまぶしそうに瞬きをした。

「庇の下へ入らぬか」

雪のあとだから、ことさら陽射しが明るく感じられるのか。そうおもったのは、ゆいだけではなかったようだ。

二人は庇の下に並んで立つ。

「あの扇……」

「ひと目でわかるとおもうた」

「わかりました。でもどういうことか、お贈りくださった理由がわかりませぬ。それで、相生町をお訪ねしようかともおもうたのですが……」

「実は今春、江戸へ出てきた」

「まぁ、春からこちらにいらしたのですか」

「はじめは行商などしておったゆえ知らせようがなく……知らせてよいものかもわからず……森家には顔見知りがおるゆえ……」

ゆいがどうしているか探りだすのに、おもわぬ時がかかってしまったという。

なにもそこまで隠密にしなくてもよさそうなものなのに、と、ゆいは首をかしげた。離縁は望ましいことではないが、与五郎が禄を離れるに至ったのは森家の改易によるもので、与五郎自身の科《とが》ではない。

それとも……と、商人姿を盗み見る。そう、与五郎はこの姿を見られたくなかったのかもしれない。人一倍誇り高い男は、矜持《きょうじ》を忘れかけた名ばかりの武士が増えている昨今、断固として武士でありつづけることにこだわっていた。城を枕に討死を覚悟した男が、たとえいっときであれ小間物を売り歩くのはさぞや不本意だったにちがいない。

「仕官が叶《かの》うたのですね。ようございました」

「仕官……ま、そういうことになるか。また江戸を離れることになったゆえ、旅立つ前におまえに……ゆいどのに詫《わ》びておきとうての、あのときは辛いおもいをさせた。苦労をかけたが、息災とわかって安堵した。子らのことも、よう手放さず、育ててくれた」

「あたりまえです。あなたのお子ですから」

「雄太郎《ゆうたろう》は十、芳江《よしえ》は七つか」

「雄太郎はあなたによう似て、剣より書物のほうが好きなようで……飽きずにいつまでも手習いをしております。芳江は女子《おなご》のくせに利かぬ気が強うて……」

「母者《ははじゃ》に似たのだろう」

まぁ……と返した声が、自分の耳にも弾《はず》んで聞こえた。そのせいというわけでもないが、二人は昔を想って一瞬、押し黙る。

「ひと目、会《お》うてやってください」

「それはおれも……いや、やめておこう」

与五郎は目線を足下へ落とした。庇の下にも吹きこんだ雪がうっすらと積もっている。その横顔が一変して物悲しく見えたので、ゆいはおもわず身をよせた。

「いっそ、堂々と会いにいらしてはいかがですか。仕官が叶うたのです、もはや気後れなさることはありませぬ。ご出立なさる前に……」

「会わぬほうがよい。あの子らの父は、もう、おれではないのだ」

「江見のことなれば……道理のわかる、やさしい人です。事情を知ればさりげなく引きあわせる算段をしてくれるはずです」

「やはりやめておこう。良きお人なればなおのこと、江見甚右衛門さまのこれまでの親切に水をかけとうない」

「わたくし独りでは育てられませんでした。あなたは消息すら知れませんでしたし」

「わかっておる。責めてはおらぬ。このおれとて仕官した際に……」

「ご妻女を迎えられたとうかごうております」

与五郎は不意打ちをくらったようにゆいの顔を見た。ほろ苦く笑う。

「知っておったか。かつ、というての、子はおらぬゆえ、ゆいどのとちごうていかようにも生きられる。歳は若いが存外、肝がすわった女子での、なにがあっても取り乱すことなく、首尾よう後始末をしてくれよう」

ゆいは妙な気がした。与五郎のいいようでは、かつもまた自分と同様、離縁したように聞こえる。今春、江戸へ出て来て小間物売りをしているということは、森家のあと仕官した大名家も致仕して、またもや夫婦別れをしたということか。

気になってたずねてみると、与五郎はあいまいにうなずいた。

「離縁はしておらぬが……」

「おきざりになさったのですね。なにもいわずに出奔されたのでしょう。まぁ、ひどい。おかつさまがどんなに胸を痛めておられるか、考えたことがおありなのですか」

突如、怒りが湧いてきたのは、離縁されたときの悲しみがよみがえってきたせいだろう。大義だ武士の一分《いちぶん》だ、などと肩を怒らせ、妻と幼い子供たちを棄てて飛びだしていった夫――。あのときの悲嘆、絶望、孤独……。ゆいはかつの名を借りて、この五年、胸にわだかまっていた怒りをぶつけようとしていた。

「わたくしだけでは飽き足らず、あなたはおかつさまも不幸になさるおつもりなのですね。そしてまた、新たな仕官先を見つけた。三人目のご妻女はどのようなお人でしょう」

与五郎は見栄《みば》えのよい男だ。愛想はないが実直だから年輩の武士から頼りにされる。娘婿《むすめむこ》にと望まれることも多々あるにちがいない。ひと目見たとき変わったとおもったのは、熱気というより野心、野望だったのか。与五郎は――武士の中の武士だと誇らしくおもっていた前夫は――よりよい仕官先を求めて渡り歩く、忠義や大義とは無縁の見下げ果てた男になってしまったのかもしれない。

心の内をさらけだした拍子に五年の歳月が消えて、ゆいはあのときの自分にもどっていた。聞き分けがないとなじられても、それでも夫にしがみつこうとしていた若き日の自分に――。

「苦労をさせた、辛いおもいをさせた、などと仰せですが、あなたはなにもわかってはいらっしゃらない。詫びてすむことではありませぬ。わたくしが……わたくしが、どんなに御身を案じて眠れぬ夜々をすごしたか、寂しゅうて悲しゅうて、涙も涸《か》れて……再嫁したのも子らの明日をおもえば他に道はないと……」

与五郎は困惑《こんわく》している。

「わかったわかった、おれのせいだ、すまぬ、おれが……」

「許せませぬ。わたくしを棄て、おかつさまを棄て、また次の……」

ゆいはいつしか泣きながらこぶしで与五郎の胸を叩いていた。与五郎はなにもいわず、ゆいの両腕をつかんで抱きよせる。息ができないほど強く抱きしめられて、ゆいは歓喜と絶望のはざまで童女のように涙を迸《ほとばし》らせた。

わたくしは、このお人と、添いとげたかった――。

与五郎と言葉を交わしたのは祝言の夜がはじめてだったが、おなじ家中にいれば顔くらいは知っている。まだ若かった与五郎が参勤交代の行列に加わってはじめて江戸へやってきたときは、女たちのあいだでちょっとした話題になったものだ。与五郎は江戸詰を仰せつかり、ゆいを見初《みそ》めて、上役を仲介に縁談を申し入れてきた。父からそれを知らされたとき、おもいもかけぬ幸運に小躍りしたものだ。

与五郎は、上役から信頼されはするものの、生真面目すぎて巧く立ちまわることができない。そのせいか、華々しい出世とは無縁だった。が、ゆいは幸せだった。夫婦共白髪になるまで、助け合い、子を育て、日々の小さな出来事に一喜一憂しながらつつましく人生を送る……それだけで十分だとおもっていた。そのささやかな願いが、いともあっけなく手の中からこぼれ落ちてしまうとは――。

与五郎の胸の袷《あわせ》を、ゆいはぎゅっとつかむ。

「許せと仰せなら旦那さま、わたくしと子らをいっしょにおつれください。遠国でもかまいませせぬ。おかつさまと離縁なさるなら、もう一度、わたくしを妻に……」

「それはできぬ」

「なにゆえにございますか。父は亡《の》うなりました。夫は……夫には申しわけのないことなれど、夫は人情のわかる人です。何度でも頭を下げて……」

「ゆい。これには事情があるのだ」

「これ？」

「明日の旅立ちだ。自ら決めたことゆえ、なんとしても、行かねばならぬ」

「ですから、わたくしたちはあとからでも……」

「ならぬッ」

厳しい口調とは裏腹に、与五郎はやさしくゆいの体を引き離した。

「もう、行ってくれ。おれには為さねばならぬことがあるのだ」

ゆいは一歩下がって、与五郎の目を見つめた。

「わたくしより、子供たちより、大事なお人がいるのですね」

「……いかにも。今度こそ、添い遂げると、決めた人だ」

ゆいはくるりときびすを返した。

「帰りますッ」

「待て。いや……」

ゆいは与五郎の顔を見なかった。

「達者で暮らせ。子供たちをたのむぞ」

耳には入ったが聞こえないふりをして陽光の中へ駆けこむ。

雪はとうに止んでいるのに、足下はむろん、塔頭《たっちゅう》の甍《いらか》や板塀の上、草木もよしず掛けの小屋もなにもかもが白く輝いていた。その明るさがかえって寥々《りょうりょう》として感じられる。

ゆいは、下屋敷までのほんの短い道のりを、まるで一升も下り酒を呑んだ人のようによろめいたりつまずいたりしながら歩いた。

寒さは感じなかった。燃えたぎるおもいを、ひどく腹を立てているからだとおもうことでなんとか胸を鎮《しず》めようとしている。でなければ――今度こそ与五郎に棄てられたのだと認めようものなら――口惜しさと悲しさで息が止まってしまうかもしれない。

「奥さま。台所の天井は終わりましたが……」

ゆいの顔を見て内心ではなにがあったのかといぶかっていたとしても、留吉は訊かないだけの分別をもちあわせていた。

「ご苦労でした。他もやってしまいましょう。さ、雑巾を」

ゆいは、仇討《あだうち》に出かける人のように力を込めて、たすきの紐を結ぶ。

四

お道に呼ばれたのは、同日の夕刻だった。

夕陽が西の空を紅《あか》く染めている。

「ゆいどの。近《ちこ》うへ」

人払いもさることながら、お道の顔色はただごとではなかった。

ゆいはお道のそばへ膝をよせる。

「神崎与五郎どののことですが……」

「そのことでしたら、お道さまを煩《わずら》わせてしまい、お詫び申し上げます。もうきっぱり忘れることにいたしました。どうか、ご放念くださいまし」

一日中、苦しんだ。なまじ逢わなければよかったとどれほど悔やんだか。今ごろになって詫びたいなどと前妻を呼びだし、おざなりに子供たちの近況をたずねて、あとは別れを告げただけ。そんな一方的な、身勝手な話があろうか。

冷静にふるまえばふるまうほど胸中では七転八倒して、今はようやくその動揺を鎮めたところだった。ゆいは耳をふさごうとする。

けれどお道は、中断する気はないらしい。

「実は少々、気になることがあるのです」

「ですからもう……」

「神崎どのは津山城明け渡しのあと、赤穂浅野家《あこうあさの》へご仕官なさったそうです」

「赤穂浅野家……浅野家ッ。昨年、あの、殿中でお殿さまが刃傷沙汰《にんじょうざた》を起こしてお取り潰しとなった……」

「ええ。当家につづいてまたもや主家を失う羽目に……」

では与五郎は、一度ならず二度までも主家の都合で浪人となり、江戸へ舞いもどらざるをえなかったのか。仕官の口を探しながら小商いで糊口をしのいでいた。なんと不運なめぐりあわせだろう。

「お気の毒にはございますが、わたくしにはもうかかわりのないこと。新たな仕官先も決まったとうかがいました。ご心配はご無用に」

堅い口調で応じると、お道はゆいに探るような目を向けた。

「仕官先が決まった、と？」

「そのようなことを話しておりました」

「逢うたのですね」

「あ、いえ、人づてに……いいえ、お会いしました。申しわけございませぬ」

「そんなことだろうとおもっていました」ため息をつく。「そのことはさておき、いずこへご仕官なさると仰せでした」

「さぁ、そこまでは……」

「仕官の話、まことでしょうか」

お道の目に強い光が流れた。

「相生町の吉良《きら》邸の斜向《はすむ》かいに米屋が店を出しました。主人は五兵衛《ごへえ》というそうで、神崎どのは小豆屋善兵衛と名乗って米や雑穀を売る手伝いをするかたわら、小間物などを売り歩いているそうです。これは神崎どのをよう知る家来に調べさせましたゆえ、たしかです。なれど仕官の話があるとは……」

仕官先が決まったとしたら、贔屓《ひいき》先《さき》に、少なくとも店の者には知らせるはずだ。めでたいことなのだから。明日、出立するとなれば仕度もあろう。そんな素振りはまったくなかったという。

「それは妙ですね。わたくしには明日、遠国へゆく、もう江戸へは帰らぬと……」

「そもそも神崎どのは、なぜ名を変えたり、素性を隠したりなさるのでしょう。武士だったことも、新たな仕官についても、なにゆえ秘しておられるのか」

「昔のお仲間に、商いをしていると知られるのがおいやなのではありませんか。あの人は武士であることにこだわっておりましたから」

そうおもいたかった。他に理由があるとはおもいたくない。けれど――。

「斜向かいですから、神崎どのは吉良邸へも御用聞きにゆくそうです」

「それがどういう……あッ」

「浅野内匠頭《たくみのかみ》さまが刃傷に及んだ相手は吉良上野介《こうずけのすけ》さま。内匠頭さまが即刻ご切腹となったのに上野介さまになんのお咎《とが》めもなかったことについては、世間でも喧嘩両成敗の掟《おきて》にそむくと非難の声があがっていました。上野介さまに怨《うら》みを抱く赤穂の浪士たちが、このまま黙っていようか、仇討を仕掛けてくるのではないか……上野介さまはそれを恐れたのでしょう、早々に隠居されてしまいましたが、巷《ちまた》ではいまだに不穏な噂が飛びかっているようです」

お道の話を聞いているうちに、ゆいの顔から血の気が引いてゆく。

与五郎が、なにかわけがあって吉良邸の斜向かいの米屋に住み込んでいるとしたら、それは探索のため以外に考えられない。もしや、浅野内匠頭の仇討をするつもりなのではないか。仕官先も定まっていないのに明日、遠国へゆくといったのは──。

「お道さま。よもや、とはおもいますが……」

「ゆいどの。わたくしが気にかかっているのも実はそのことです」

二人は目を合わせる。

「神崎どのは闇討ちを仕掛けるおつもりやもしれませぬ。お命を棄てるお覚悟、ゆいどのにはそれを明かせぬゆえ、遠国へゆく、などと……」

「でも……なれどあの人は、まだ浅野家にご奉公して日が浅《あそ》うございます。そこまで義理立てをするとはおもえませぬ」

「浅野家のためだけ、であれば、そうでしょう。もしやそれだけでないなら……。神崎どのはわが津山森家のためにも一度は死ぬ気でいらしたのです。あれは、無情にも改易を申し渡したご公儀に異を唱えるためでした」

「たしかにあの人は立腹しておりました。御犬小屋築造でもひどい目にあわされましたから。ということは、こたびも、ご公儀に物申すために上野介さまを……」

「そうと決まったわけではありませぬ。が、大いにありえます」

「ああ、どうしましょう」

与五郎は吉良邸へ忍びこんで上野介の寝首をかくつもりではないか。それとも外出時を狙って駕籠《かご》へ斬りかかるか。そこそこ腕が立つとはいえ、上野介のまわりには腕に覚えのある警護の武士たちが随従しているはずだ。多勢に無勢、あっという間に捕らえられ、首をはねられてしまうにちがいない。

「無謀にございます。首尾ようゆくとはおもえませぬ」

つい今しがたまで与五郎の身勝手なふるまいに腹を立て、忘れよう、かかわりになるまいと胸にいいきかせていたのに、今はまたもや抑えきれないほど昂《たかぶ》って、自分でもどうしたらいいかわからない。恃《たの》むはお道、が、これぱかりはお道もどうしたらよいか、わからぬようだった。

「お道さま……」

「ゆいどの、わたくしたちが物事を大げさに考えすぎているのやもしれませぬ。心を鎮めて考えてみましょう。お独りでなにができるか。神崎どのもそこまでの無茶はなさらぬはず。取り越し苦労、そう、わたくしの早とちりやもしれませぬ」

ゆいがこれほど動揺するとはおもわなかったのか、これ以上ゆいの心を乱すまいとお道は言《げん》をひるがえした。けれどゆいは、もう冷静にはなれなかった。

「さようでしょうか。あの人なら仇討も辞さぬとわたくしは……」

「明日には江戸を去る、といわれたのですね。でしたら明朝、もう一度、様子を見にゆかせます。不審な動きがあればわかるはずです」

いずれにしても、今、自分たちにできることはない。まわりから邪推されぬよう平静を保っていることが肝心だと、お道はゆいを諭した。

「よいですね、ご主人に悟られてはなりませんよ。それだけは心しなさい」

わかっておりますとうなずいて、ゆいは自分の長屋へ帰ってゆく。

家へ帰ったものの、焦燥は高まるばかりだった。なによりゆいの不安をかきたてていたのは、今朝方、再会したときの与五郎の、異様なほど生き生きとしたまなざしだ。あれは、なにか為すべきことがあり、そこへ向かって邁進《まいしん》しようとしている人の目だった。志に燃えた目だ。

与五郎の志とはなにか。与五郎は明日、なにをしようというのだろう。だれにもいわず江戸を離れるというのが仕官のためでなかったとしても——雇われ用心棒とか、出家のための仏道修行とか、万にひとつ、女の色香に惑《まど》っての駆け落ちとか——それでも仇討のためでさえなければよい、そうではありませんように……。今はただ生きていてほしかった。たとえ遠く離れ、二度と逢えなくても、どこかで生きていてほしい……。

明朝、お道の命をうけた家来から、与五郎が無事に旅立ったという知らせがとどきますようにと、ゆいは祈った。もしそうなら、なんだやっぱりと苦笑して、とんだ人騒がせだとまた少し腹を立てるにちがいない。そしてもしそうなら、悔しさや寂しさはあっても、今度こそ与五郎への未練を断ち切れる……。

ゆいは不安を隠し、いつもどおり家刀自《いえとじ》としての役目に専念した。作事奉行とはいえ長屋住まいでは使用人の数も知れている。賄《まかな》いも繕《つくろ》いも近所づきあいも夫や子供たちの世話も、ゆいが目を光らせていなければ一日たりとてまわらない。

「どうした？　なんぞ気がかりでもあるのか」

夫の甚右衛門に訊かれたのは、寝仕度の介添えをしていたときだった。やはり、不安を気づかれたのか。

「今日は煤払いをいたしました。大忙しでしたから、なにやら疲れてしまって……」

甚右衛門はそれ以上、追及しなかった。

「ゆっくり休むがよい」

「ありがとう存じまする」

おやすみなさいましと、ゆいは夫につづいて床に入る。

眠れなかった。与五郎が吉良邸へ忍び入る姿や捕らわれる場面、斬首の光景などが次々に浮かんで、おもわずうめき声がもれそうになる。それでも目を閉じ、歯を食いしばっているうちに疲れが頂点に達したか、ゆいは寝息を立てていた。

五

門のあたりでざわめきが聞こえたのは六ツ時（午前六時）である。

ゆいはすでに身仕度をととのえ、台所へ出てゆこうとしていた。とっさに与五郎の顔が浮かび、はっと棒立ちになる。

「なんの騒ぎか聞いてきておくれ」

留吉を門へ走らせた。留吉がもどる前に小者が呼びにきた。ゆいは動揺を鎮めるすべもないまま玄関へ出てゆく。

夫が裃《かみしも》をつけて待っていた。

「たった今、組頭より内々に知らせがあった。早急に皆に諮《はか》ることがあるそうな」

上屋敷ではなく下屋敷の広間へ長屋の一同が会して、処し方を決めるという。

「処し方……おもてが騒がしいようですが、そのことにございますか」

「うむ。詳しいことはわからぬが、未明に吉良邸で騒動があったらしい」

「吉良邸ッ」

「赤穂の浪士どもが吉良邸へ討ち入り、上野介さまの首級を挙げた」

ゆいは凍りついた。頭に鉄槌《てっつい》を食らったようだ。

では、やはり、事は起こってしまったのか。赤穂の浪士たちは亡き主君の遺恨《いこん》を晴らし、喧嘩両成敗の掟に背いた公儀に反旗を翻した。浪士たちの中に与五郎が加わっていたことは疑うべくもない。

「われらにはかかわりなきことなれど、上杉《うえすぎ》さまがどう出るか。万にひとつ、江戸市中で戦《いくさ》ともなりかねぬ。当家へ逃げこむ者も……なきにしもあらず」

甚右衛門が言葉をつまらせたのは、津山森家が改易となったあのとき、赤穂浅野家へ引き取られた家臣たちがいた事実を知っているからだろう。神崎与五郎が浅野家の家臣になったことも知っていたのか。知っていて、ゆいの父親同様、ゆいの耳には入れぬようにしていたのかもしれない。

ともあれ、危急の事態が起こってしまった。上杉家は十五万石の大名だが、吉良上野介の妻女が上杉の姫であったことから、吉良家の嫡男《ちゃくなん》が後継者のいない上杉家の当主に迎えられ、その男子が吉良家の後継者となるなど、深い縁で結ばれていた。吉良家の災禍《さいか》を上杉が見過ごすとはおもえない。即刻、兵を集めて攻め寄せるかもしれない。浪士と上杉の戦になったらどちらへ加勢するか。門戸を固く閉ざして対岸の火事を決め込むか。下屋敷の面々は意思の統一をしておく必要があった。

「おもてへ出てはならぬぞ。皆にも落ちついて待つよういうておけ」

「かしこまりました。あ、旦那さま、なにかわかりましたら、どうか……」

「真っ先に知らせる」

甚右衛門は出かけていった。

ゆいは家人を呼び集めて、本所の旗本《はたもと》屋敷で騒ぎがあったことを教え、詳細が知れるまでは長屋から出ないようにと申し渡した。上の空で子供たちに朝餉《あさげ》を食べさせ、そのあとは仏間へこもって灯明をあげる。

不安を抱えたまま、どれほどそうしていたか。留吉が知らせをもってきた。

「まぁ、そんなに大勢で……」

夫の「浪士ども」という言葉からして与五郎の単独行動でないことはわかっていたが、それにしても四、五十もの浪士が討ち入ったと聞いて、ゆいはあらためて事の重大さに身ぶるいをした。深夜とはいえ、それだけの集団が見咎められずに旗本屋敷を襲撃するとは、現《うつつ》の出来事ともおもえない。

「浪士の皆さまがたはご無事ですか」

「寝込みを襲われた吉良さまのほうでは死傷者が出ておるそうにございますが、ご浪人衆は火事頭巾《ずきん》や着込みの下、帯にまで鎖を縫い込んだ上に、武器はむろん梯子《はしご》や高《たか》張提灯《はりぢょうちん》など準備も周到にて、皆さま、さほどのお怪我もないそうにございます」

ゆいは安堵の息をついた。すぐに新たな不安が押しよせる。

「して、どうしておられるのじゃ。ご公儀は？　皆、捕らわれたのですか」

「それが、吉良邸のまわりは快挙を寿《ことほ》ぐ人々で大騒ぎになっておりますそうで。当家へ出入りしております商人によれば酒や餅《もち》を持参する者までおるようで……」

公儀も上杉家も今の時点では動きをみせていないという。が、本所から芝《しば》まで知らせがとどくあいだにも、事態は新たな展開をみせているかもしれない。

「旦那さまはおもてへ出るなと仰せでした。なれど留吉、門の出入りに耳を澄ませて、ご浪士がたの行先がわかったらただちに知らせておくれ」

留吉を送りだすや、ゆいはがっくりと両手をついた。胸がかつてないほど激しく波立っている。

与五郎は、そんなにまで深く傷つき、自らの命を投げ出しても悔いないほどの怒りを抱え込んでいたのか。こたびのことは、お道もいったように、浅野内匠頭の仇討のためだけに為したことではないのだろう。与五郎は津山家のためにも仇討をしてのけた。だとしたら、今は晴れ晴れとした顔をしているにちがいない。五年前に叶わなかった志をとうとう成し遂げたのだから。

神明宮へ呼びだされたあのとき、なぜ気づかなかったのか。ゆいは自分を責めた。与五郎の目を見てなにかがおかしいとおもったのに、やりすごしてしまった。もしあのときわかっていたら、命がけの大事に臨む直前にわざわざ別れを告げにきてくれた男に、もっと心のこもった応対をしたはずだ。遠目なりと、子供たちの成長した姿を見せてやることも、できたかもしれない。

「与五郎さま……」

ゆいはいたたまれず腰を上げた。大それた騒ぎをひきおこした以上、浪士たちが生きのびられるとはおもえない。生あるうちに、せめてひと目、逢えぬものか。逢って、「許しませぬ」と突き返したあの言葉を撤回したい。

ゆいはくちびるをかみ、手狭な座敷の中を行きつ戻りつした。

雪は止んでも道が凍りついている。遠出をするのは難儀だろう。女の足で本所まで歩きとおせるかどうか。たとえ歩けたとしても、たどりついたとき吉良邸の門前に浪士たちがいるとはかぎらない。いや、おそらくもういないはずだ。

それでも、行きたかった。与五郎が雪の中を別れを告げに来てくれたように、今度は自分が駆けつけたい……。

突如、こみあげるものがあって、ゆいは無我夢中で玄関へ駆けた。下駄や草履《ぞうり》ではなく甲掛け草鞋《わらじ》を履いたのは、途中でころんでは元も子もないからだ。急がなければ……。矢も楯《たて》もたまらず飛びだそうとしたときだった。

「どこへゆく」

ゆいははっと振り向いた。

甚右衛門がこちらへ歩いてくる。

「本所へ、ゆくつもりか」

止められるのはわかっていた。夫の制止を無視して飛びだしたところで、引きもどされるのも必定。もはや、どうすることもできない。

答えるかわりに、ゆいは嗚咽《おえつ》をもらした。

甚右衛門はひとつ空咳《からぜき》をする。

「泣いている場合か」いいながら片手をあげ、追い払うような仕草をした。「浅野のご一行は高輪《たかなわ》の泉岳寺《せんがくじ》へ向こうておるそうな。門前で待て。目の前を通るはずだ」

ゆいは首をかしげた。とっさにはなんのことか理解できない。

「お道さまに会うた。おまえを門前へ出してやるように、といわれた」

ゆいは目を瞬《しばた》いた。

「ご浪士がたが、この、門の前を、お通りになるのですか」

「芝口《しばぐち》から金杉橋《かなすぎばし》へ出るにはこの道しかあるまい」

「お見送りを……わたくしがお見送りを、させていただいてもよろしいのでしょうか」

「見送ってさしあげるがよい。大きな声ではいえぬがの、わが森家にとっても胸のすく快挙だ。胸中ではだれもが感涙しておる」

「旦那さまッ。ありがとう存じまする」

ゆいは駆けだそうとした。が、甚右衛門はなおも待ったをかけた。

「留吉にいうて、雄太郎と芳江もつれてゆけ」

「子供たちを？」

「わしが神崎どのなれば、それこそがなによりの褒美《ほうび》」

子供たちは気づかないだろう。物心つくかつかずのころに別れたのだから。隊列をなしてやってくる物々しい行列の中に自分たちの父親がいるとは夢にもおもうまい。

それでも、与五郎は見る。ひと目でわかるはずだ。そしてゆいが――大義のために離縁せざるをえなかった前妻が――自分を許し、自分の志を理解してくれたことを知る。死出の旅への、これ以上の餞《はなむけ》があろうか。

ゆいは深々と辞儀をした。

手の甲で涙をぬぐった。

次の瞬間、もどかしげに草鞋を脱ぎ捨てて、家の中へ駆けこんでいる。

「雄太郎ッ。芳江ッ。お外へゆきますよ。いいから早う、早ういらっしゃいッ」

門前では、午前の陽光を浴びて、うっすらと積もった雪が早くも解けようとしていた。快挙をしてのけた浪士たちを歓声で迎えようという人々で、ほどなく道の両側は鈴なりになるにちがいない。

森家の下屋敷は、神崎与五郎の到着を待ちわびている。

笹の雪

山本一力

一

元禄《げんろく》十五年十二月十四日（一七〇三年一月三十日）未明、七ツ半（午前五時）前。

ドサッ。

裏山の竹藪《たけやぶ》から、笹に積もった雪の落ちる音が聞こえてきた。しかし朝餉《あさげ》の支度《したく》を始めたばかりである。泉岳寺《せんがくじ》炊事当番の雲水《うんすい》たちは、気にも留めず自分の仕事を進めていた。

裏山と言っても高さはほとんどない。墓地裏手に広がる赤土の丘のことだが、泉岳寺ではだれもが裏山と呼んでいた。

樹木は一本も生えていない。樹木の代わりに五百本を超える数の孟宗竹《もうそうちく》が、竹の密林を造っていた。

竹の数が多いがゆえ、葉に積もる雪も半端《はんぱ》なものではない。十三日の昼過ぎから降り始めた雪は、十四日と日付が変わっても降り続いた。

降り止んだのは、つい一刻（二時間）前のことだ。雪の重さに耐えきれなくなった笹は、ひっきりなしに雪を落としていた。

土佐国宿毛《とさのくにすくも》の東福寺《とうふくじ》に属する雲水の白明《はくみよう》は、今年三月から泉岳寺の寄宿《きしゆく》雲水を続けていた。

半月後に迎える新年で、白明は二十だ。

泉岳寺の衆寮《しゆりよう》に寄宿している雲水は、七十人を数えていた。十九歳の白明は最年少組で、同輩は十人だった。

衆寮に起居する雲水の食事は、年少組十一人が受け持っていた。さらに年下の雲水が入寮するまでは、この面々での賄《まかな》い当番が続くのだ。

十一人の起床は七ツ（午前四時）である。五尺六寸（約百七十センチ）の上背《うわぜい》があり、大柄で腕力もある白明は、大鍋で作る粥《かゆ》当番を任されていた。

主事などの役職者まで含めれば八十五人が衆寮で暮らしていた。全員の粥を調理するのは、差し渡し五尺（直径約一・五メートル）もある大鍋だ。

米を研《と》ぎ、鍋に水を注ぎ入れ、火加減を気遣いつつ柄《え》の長いしゃもじで鍋をかき回す。

すべてをひとりでこなすのは、相当な重労働である。だれもが敬遠していた粥当番を、白明は入寮初日に買って出た。

宿毛の東福寺でも、白明は賄い当番を志願していた。粥作りで漂い出す、米の煮える甘きにおい。空腹退治を約束してくれるこのにおいが、大好きだったからだ。

高知城下から遠く離れた在所の寒村では一日に二度食べられることなど、希《まれ》のなかの希だった。東福寺なら、朝晩かならず粥が食べられる……それを聞き及んだことが、雲水を目指した理由だった。

空腹をいやしてくれる粥である。

より美味《うま》い粥を食べたくて、まだ十五歳だった白明は調理方法に工夫を重ねた。

米の研ぎ方。水加減と火加減。

これらのどれが劣っていても、粥の美味さを損ねた。仕上げるときの塩加減は、さらに大事な要素だった。

東福寺で修行した四年間、白明は日に二度の粥作りを勤行《ごんぎょう》同様に大事にした。

住職も主事も「今日の粥は美味かった」などと褒《ほ》めることはなかった。しかし自分でも上手に拵《こしら》えられたと思ったときの粥は、かならず代わりを求められた。

食の細かった住職から「代わりを」と言われたときは、そのとき調理した塩加減をあたまに刻みつけた。

泉岳寺でも、日に二度の粥調理を受け持った。一度として雑に流したことはなかった。

「いい塩加減だ。米の甘みが感じられる」

東福寺とは異なり衆寮の主事など役職者は、はっきりと粥の仕上がりを褒めてくれた。

泉岳寺衆寮で炊事当番について、はや九ヵ月が過ぎていた。いまでは同輩たちは、すっかり白明に一目を置いていた。

粥作りに限らず、勤行においても気をゆるめることは皆無だった。その姿勢に、同輩たちは敬《うやま》いを覚えていたのだ。

「白明は心がけが違う」

同い年の雲水たちは、白明の指図には、主事の言い付け以上に素直に従っていた。

＊

ドサ、ドサ、ドサッ。

八十五人分の粥が案配《あんばい》に仕上がりかけていたとき、裏山でひときわ大きな音がした。雪が落ちたのだが、音が大きすぎた。

炊事場の裏木戸を出たら、十間（約十八メートル）も歩けば裏山である。

「なんでもないさ」

裏山の気配を気にしている白明に、同輩のひとりが話しかけた。

「またタヌキが竹にぶつかったんだよ」

時折、裏山にはタヌキが出ると言われていた。が、いまの雪の落ち方は、もっと大きなモノが竹にぶつかったとしか思えなかった。

宿毛の東福寺にも裏山が迫っていた。泉岳寺とは違い、本物の山である。キツネやタヌキに留まらず、イノシシやシカの姿も見られた。

ここの裏山のように、竹藪に雪が積もることはなかった。南国土佐では山間部でもない限り、平地には滅多に雪は積もらなかった。

笹から雪の落ちる音など、この寺で初めて耳にした。

それでも白明は、いまの落ち方はタヌキではないと確信した。

「龕灯《がんどう》をくれ。おれが見てくる」

十一人中、白明が班長も同然だった。

同輩は素早い動きで龕灯を用意した。五十匁《もんめ》（約百九十グラム）のロウソクには、すでに火が灯《とも》されていた。

「一緒に行こうか？」

同輩ふたりが白明の手助けを申し出た。

「おれひとりで充分だ。それより朝餉の支度を続けてくれ」

明け六ツ（午前六時）まで、四半刻（三十分）少々の見当である。雲水の勤行が本堂から炊事場にまで流れてきた。その唱和を合図代わりとして、炊事場の動きが俊敏さをました。

冬の朝餉は朝の勤行後、明け六ツの四半刻後である。給仕開始は半刻後に迫っていたが、白明は様子見に出ようとしていた。

「すぐに戻ってくる」

粥が焦《こ》げたり煮立ったりしないように、火加減を見ているようにと言い付けて、白明は裏木戸を出て竹藪に向かった。

丑《うし》三つ時《どき》（午前二時半ごろ）まで降っていた雪は、ふわふわの新雪である。龕灯の明かりを弾き返す照り返しが、目に眩《まぶ》しかった。

素足履《ば》きの草履《ぞうり》が、サクッと音を立てて新雪の内に沈んだ。足に雪がまとわりついたが、さほどに凍《こご》えは感じなかった。

炊事場の土間のほうが、よほどに冷たかった。龕灯を摑《つか》んだ手に力を込めて、サクサクと音を立てながら竹藪に入った。

笹が雪を受け止めているのだろう。地べたの雪はさほど積もってはいなかった。

白明は龕灯で竹藪の内を照らした。墓地と竹藪との境目あたりでひとが動いた。

白明の腕に力がこもり、血筋が浮き上がった。不審者が侵入していたのだ。

しかし相手は身を隠すわけではなく、明かりを真正面から浴びたまま、動きを止めた。

三人の男が、刺子《さしこ》半纏《ばんてん》を羽織《はお》り、厚手の股引《ももひき》を穿《は》いてしゃがんでいた。

「あなた方は当寺の敷地内に、なにかご用でもあるのですか？」

不審者が相手とも思えぬ、ていねいな物言いだった。

「だれに対しても乱暴な口をきいてはならぬぞ」

東福寺の住職から、常にこれを言われていた。名刹の誉れ高い東福寺では、雲水に至るも見識ある物言いをした。

宿毛でのしつけがいまも効いており、誰何《すいか》の物言いはていねいだった。

「怪《あや》しい者じゃねえんだ」

三人の内のひとりが、ひたいに右手をかざして話しかけてきた。龕灯の光が眩しいのだ。

「あっしら三人とも、永代橋東詰《えいたいばしひがしづめ》の読売屋《よみうりや》（瓦版屋）の耳鼻達《じびたつ》（記者）なんでえ。おれっちはこのふたりを引き連れている丈太郎《じょうたろう》だ」

そちらに行くから龕灯を下に向けてくれと、丈太郎から頼まれた。

「拙僧《せっそう》の前までお越しください」

「がってんだ」

三人とも、真っ白な息を吐きながら白明の前までやってきた。

「勝手に寺にへえり込んだのは済まねえことだが大きなわけがあってのことなんでえ」

丈太郎の物言いは早口だった。他のふたりは黙ったままだが、ひとりは息遣いがひどく忙《せわ》しなかった。

「永代橋からここまで、この雪道を走り続けてきたもんでよう。すっかり息が上がっちまったんでえ」

白明に話しながら、丈太郎は笹に積もった雪を口に放り込んだ。走り続けて喉《のど》が渇いていたのだろう。連れのふたりも同じことをした。

「おれとこいつは永代橋からだが、信次《しんじ》は万年橋《まんねんばし》から走り通しなんでえ」

一番小柄な男が信次だった。

「信次は深川《ふかがわ》で一番の韋駄天《いだてん》でね。ここまで走り続けたってえのに、平気な顔だ」

丈太郎が言った通り、信次の息遣いは落ち着いていた。

「永代橋の耳鼻達さんたちが、どんなご用で泉岳寺の竹藪に忍び込んだのですか？」

白明の口調に、わずかな尖《とが》りが生じていた。

「そのわけを言うのは勘弁してくんねえ」

丈太郎の目が光を帯びた。

白明はすでに龕灯の火を消していた。高価なロウソクを無駄にはできない。三人の素性《すじょう》が分かったいま、もはや龕灯は無用だった。

夜明け前の暗がりでも、はっきりと感じられたほど丈太郎の両目は光を帯びていた。

「わけが言えないなら、いますぐ敷地内から出て行ってください」

逆《さか》らうなら他の者を呼び寄せると、強い口調で通告した。

「わかったよ、雲水さん。そんなに息巻かねえでもらいてえやね」

話すからちょっと待てと言ったあと、丈太郎はまた雪をひと摑み頰張《ほおば》った。

粥の仕上げが気がかりな白明は、三人を炊事場まで連れて戻るしかないと考えた。

「ここでの立ち話ではなく、衆寮の炊事場まで一緒に来てください。主事を交《まじ》えて、みなさんの話をうかがいます」

それを拒むなら、即刻泉岳寺の敷地から出て行ってもらう……白明は火の消えた龕灯を三人に向けた。

「しゃあねえやね」

連れて行ってくれと、丈太郎は承知した。

「だがよう雲水さん、とっととやってもらわねえと、あのひ、ひ、ひとたちがここに来ちまうかもしれねえ」

急ぎ話を済ませて、竹藪に戻りたいと丈太郎は白明をせっついた。

「なんのことですか、あのひとたちがここに来るというのは」

白明はその場を動こうとはせず、丈太郎に問いを重ねた。

「わかんねえことを言うんじゃねえ！」

丈太郎は声を荒らげた。

「そのわけを話すと言ってるんでえ。とっとと寺でも炊事場でも連れて行きねえな！」

言い切った丈太郎は、連れのふたりに向かってあごをしゃくった。

三人に背中を押されて、白明は竹藪を出て炊事場へと戻り始めた。

つい先刻つけた白明の足跡が、竹藪のなかへと向かっていた。

二

「万年橋北詰《きたづめ》から五町（約五百五十メートル）手前で、この野郎があのひとたちの列に出くわしたんでさ」

主事と向かい合わせに座った丈太郎は、隣の信次の肩に手を置いた。

「あっしが話すより、当人にしゃべらせるのが一番でやしょう」

主事がうなずくと、信次が話し始めた。

「高橋《たかばし》の仕舞屋《しもたや》を出たのは七ツ前の見当でやした。すっかり雪はやんでやしたが、地べたにはふかふかの雪がたっぷり積もってやした」

そんな未明に、高橋のどこでなにをしていたのか。町木戸はまだ閉じている刻限だ。

信次はそれには言い及ばなかった。主事もあえて問い質《ただ》さず、話の続きを待っていた。

万年橋に向かって歩き始めたら、雪を踏む音が近づいてきた。雪が止《や》んだあと、空から雲は居なくなっていた。

星空の低いところには、満月手前の大きな月がまだ沈まずに残っていた。

一面の銀世界は月の青い光を弾き返している。ぼんやりとした明るさのなかを、異様な身なりの集団が万年橋を目指して進んできた。

「遠目《とおめ》にもお侍の群れなのは、すぐに分かりやした。なにしろ槍《やり》をおっ立てたひとまで、列に混じってやしたんで」

熱い茶をひとすすりして、信次は先を続けた。

「なんだろうと目を凝《こ》らしてやしたら、厚手の半纏を引っかけた若い衆ふたりが、息を切らしながら駆け寄ってきたんでさ」

身なりを見ただけで、賭場《とば》の若い者だと信次には察しがついた。

両国橋東詰には仕舞屋を使った賭場が幾つもあった。

回向院《えこういん》の僧侶と、門前町の店主を得意客とする賭場だった。

回向院の門前には、参詣《さんけい》客をあてにした土産《みやげ》物屋や一膳飯屋《いちぜんめしや》、縄のれんなどが軒をくっつけるようにして連なっていた。

どの店もせいぜいが二間間口の小商人《こあきんど》だ。しかし参詣客の数がもの凄《すご》くて、店はどこも桁違《けたちが》いの日銭を稼いでいた。

信次に駆け寄ってきたのはしかし、そんな賭場の若い者ではなかった。驚いたことに吉良《きら》邸近くの大名下屋敷に構えた、中間《ちゅうげん》部屋の賭場に雇われた若い者だった。

大名の公館である上屋敷は格式も高く、日々の仕来《しきた》りも厳格である。

下屋敷は大名がくつろぎに立ち寄る場所だ。いつもはあるじ不在の下屋敷では、格式張ったことも言われない。

中間、門番、炊事番などの武家奉公人たちも、気を抜いて一日を過ごしていた。

下屋敷とはいえ、敷地は千坪以上で広大である。夜には中間部屋が賭場と化した。

信次に寄ってきた若い者ふたりは、この下屋敷で張り番を続けていた。

賭場が一番盛っていた丑三ツ時に、吉良邸で騒々しい物音が生じた。

下屋敷裏口で張り番をしていたふたりは、物音に驚いて潜《くぐ》り戸から外に出た。もしや役人の手入れかもしれないと案じたのだ。

「吉良様屋敷の表門前には、白髪頭のじさまが立っていたそうでさ」

また茶で口を湿して、信次は先を続けた。

下屋敷の張り番は、稼業柄《かぎょう》どちらも夜目遠目とも利《き》いた。

八ツ半（午前三時）を過ぎたころ、吉良邸裏門の辺《あた》りで抑えた歓声が挙がった。さほどの間をおかずに表門が内から開かれた。

雪が止んだら分厚い雲が切れた。満月前の月明かりが吉良邸表門前を浮かび上がらせた。

「表門の内側からぞろぞろ出てきた面々は、揃《そろ》いの鎖《くさり》帷子《かたびら》を着込んでいたてえんでさ」

討ち入り装束《しょうぞく》に身を固めた群れを見るなり、若い者のひとり新太《しんた》にはひとつの思案が閃《ひらめ》いた。

「お取り潰しに遭った赤穂《あこう》藩の面々が、殿様の仇討《あだう》ちに押し込んだにちげえねえと、新太は察したてえんでさ」

抑えた声を弾ませて、相棒に思案を聞かせた。賭場の若い者ながら新太は読み書きができたし、草子を好んで読んでいた。

「てえしたもんだぜ、あのひとたちは」

見事に仇討ちを成し遂げたのだ……想いが込み上げたのか、新太は両目を潤《うる》ませていた。

「このあとどうするのか、おれはあとを追っかけるからよう。おめえは中間さんに断りを伝えてくんねえ」

「そんなことなら、おれも一緒に行くぜ」

中間連中に義理はない。このまま、あのひとたちの後を追いかけようと、話がまとまった。

隊列のなかには足を挫《くじ》いたのか、仲間の肩を借りて歩いている侍がいた。吉良邸の合戦で傷を負ったらしく、鉢巻きに血が滲《にじ》んでいる者もいた。しかし雪道を歩く隊列に乱れはなく、定まった歩調で新雪を踏んでいた。

万年橋の手前十町まで進んだとき、五町先で通りに立っている信次の姿を見た。ふたりは全力疾走で隊列を追い越し、信次に駆け寄った。

「あの若い衆たちは、だれかに顚末《てんまつ》を話したかったにちげえねえんでさ」

通りに立っていた信次は、格好の相手だった。

「あのひとたちはよう、本所松坂町《ほんじよまつざかちよう》の吉良様屋敷から出てきたんだぜ」

「ついさっき、吉良屋敷に討ち入りを仕掛けたにちげえねえんだ」

ふたりは早口で喋った。信次とは顔見知りでもなんでもなかったが、だれかに話さずにはいられなかったのだろう。

未明のこんな刻限に通りに立っている者など、信次のほかにはいなかった。

「吉良屋敷から出てきたてえのは、間違いねえのかい？」

白い息を吐きながら信次は確かめた。

「あたぼうさ。あのひとたちが屋敷から出てくるのを、おれたちはこの目で見たんでえ」

新太が語調を強めたとき、雪を踏む音が迫ってきた。

「見ねえ、あの槍の先っぽを」

槍の先に結わえられた白い包みを、月明かりが浮かび上がらせていた。

「あの包みには首がへえってるぜ」

合戦で敵将を仕留めたときは、切り落とした首を布に包み、仕留めた武器に結わえつけるのが作法……新太は合戦の作法にも通じていた。

「あれが吉良様の首ということに、おれは百両賭けてもいいぜ」

新太が鼻息荒く言い切ったとき、隊列が半町の隔《へだ》たりにまで迫ってきた。新雪を踏んで進んでくる隊列は新太から聞かされた通り、全員が黒小袖《こそで》の下に鎖帷子を着込んでいた。

まさしく討ち入り装束である。吉良邸への討ち入りを果たした隊列だと、信次も確信できた。

吉良上野介《こうずけのすけ》と浅野《あさの》内匠頭《たくみのかみ》の一件については、江戸中の庶民が御上の裁決は片手落ちだと考えていた。ましてや信次は読売の耳鼻達である。

「浅野の殿様の敵討《かたきう》ちを成し遂げたってか！」

抑えたつもりだったが、声が大きかった。若い者ふたりは白い息を吐きながら、顔をほころばせた。

「ありがとよ、あにさん」

言い残して、信次は駆け出した。足自慢の信次である。新雪が積もった道を、苦にすることなく駆けて永代橋東詰まで戻った。

眠り込んでいた丈太郎を叩き起こし、いま見てきた子細を聞かせた。読売屋で一番の腕利き耳鼻達が自慢の丈太郎だ。一度聞いただけで子細を呑《の》み込んだ。

「浅野の殿様の墓があるのは、高輪《たかなわ》の泉岳寺だ。墓前に首を供えるにちげえねえ」

身支度を調《とと》えた丈太郎は、信次と留吉を連れて行こうと決めた。留吉は並外《なみはず》れた記憶力の持ち主だった。

「墓地の陰から見聞きしたことを、ひとことも漏らさずに刻みつけろ」

「がってんだ、丈あにい」

胸を叩いた留吉と韋駄天の信次を引き連れて、丈太郎は高輪を目指して駆け続けた。

＊

「これが、ことのあらましでさ」

信次が話を終えるなり、主事は直ちに動いた。

「わしはご住持《じゅうじ》にいまの話をお聞かせ申し上げる。おまえたちは炊き出し道具を取り出して、粥と煮物の支度を始めなさい」

雪道を歩いてくる面々は、身体の芯《しん》から凍えているに違いない。温かな粥が一番の振舞いだと主事は判じていた。

風呂の支度も進めておくように言い付けて、主事は立ち上がった。

「そなたらにも拙僧に同行いただくことになるが、よろしいな？」

主事の物言いには、相手に有無を言わさぬ威厳があった。

炊事場から主事たちが出て行ったと同時に、明け六ツの鐘の響きが品川湊《しながわみなと》から流れてきた。

三

主事の指図を受けて、炊事場はまさに、戦場の如《ごと》き騒々しさとなった。

なにしろいつ何時、その方々が来寺されるのかも、人数も定かには分からないのだ。

いつもの朝餉は台所の板の間に箱膳を並べて、雲水全員が同時に摂《と》るのが決まりだった。板の間は、詰めて座れば百人分の箱膳を並べることができた。

今朝は大きく様子が違っていた。

勤行が終わるなり、いつもの刻限より半刻近くも早く朝餉を済ませた。その後、雲水たちは泉岳寺周辺の雪かきを始めた。

いずれも住持には諮《はか》らず、主事の判断でことを進めた。丈太郎から聞いたあらましだけで、主事はことの重大さを理解していた。

雲水たちが粥を摂っている脇《わき》で、主事は丈太郎と信次から再度子細を聞き取った。住持に報告するためには、主事当人が正確に把握しておく必要があったからだ。

丈太郎たち三人を従えて本堂に向かい始めたとき、雲水たちは山門前から墓地に至る小路《こみち》の雪かきを続けていた。

炊事当番の十一人も、急ぎ粥を摂った。いかに信心が篤《あつ》かろうとも、空腹では身体の動きが鈍る。あの方々が来寺されたあとは、どれほど多忙になるか知れないのだ。粥を摂っておくのは、あとに控えた多忙への備えだった。

白明は新たな粥を拵えるべく、気持ちを込めて米を研いだ。

シャキッ、シャキッと小気味よい音が立っている。東福寺の主事に褒められた音である。

「研ぎ方の善し悪しは粥の味を左右する。おまえの米研ぎはまことによろしい」

白明は研ぎ音を、耳と指の背で確かめつつ、ひとつのことに感銘を覚えていた。

丈太郎と信次の言い分を聞くなり上席僧侶から雲水まで、全員が一斉に動き出した。公儀に知れたらを案ずなど、泉岳寺にあっては無用の憂だと察せられたからだ。

泉岳寺は、浅野家を心底大事に思っている……

寄宿を始めた三日目のことを、白明は思い返し始めた。米を研ぐ調子は、いささかも乱れてはいなかった。

*

白明が衆寮に寄宿を始めたのは今年の三月十二日である。その日の夕餉支度から、白明は粥当番を願い出ていた。

一心に長柄のしゃもじで大鍋をかき回す白明に、煮方当番の水月《すいげつ》が手を止めて話しかけた。

「おまえが粥当番を願い出てくれたので、おれたちみんなが感謝している」

水月は十四歳で泉岳寺に入門した古参の若手だった。あとに続いた入門者のだれもが水月と同い年だったがため、五年間も炊事当番から抜けられずにいた。

「あさっての十四日は、衆寮の修行所で法要が営まれる」

水月の声の調子が弾んでいた。が、だれの法要なのか、なぜ声を弾ませているのかは教えてもらえなかった。

本堂ではなしに、なぜ衆寮の修行所で法要なのかと、内心でいぶかしんだ。が、白明は子細を問わなかった。

寄宿開始から三日目、元禄十五年三月十四日は朝から大忙しだった。

今年の三月十四日は暦の加減で、すでに二十四節気の「清明《せいめい》」を過ぎていた。境内の桜はすべて満開を過ぎて、わずかな風を浴びても無数の花びらが舞った。

清明とは「満開の桜をみれば、すべてのものが生き生きとして見える」日のことだ。桜はすでに散り始めていた。

墓地の小路にはすべて、薄桃色の花びらがかぶさっていた。

素手で掃除を始めた白明に、水月が要領を指示した。

「花びらはこのままでいい。目立つゴミを拾い取って、墓所一面を桃色にしておくようにと主事さんから言われている」

なぜ花びらはこのまま残しておくのかと、水月に訊《たず》ねた。

宿毛の東福寺にも十本の桜が植わっており、清明を過ぎたあとは花びらで境内が埋もれた。

雨の降る前に掃き掃除をしないと、地べたに張り付いた花びらを剝《は》がすのは難儀《なんぎ》を極めた。

泉岳寺の桜の数は、東福寺の比ではなかった。晴れているいま掃き出さなければ、あとが大変なのは目に見えていた。

「本日は浅野内匠頭様を偲《しの》んでの法要だ。墓地の眺めも去年の三月十四日を偲ぶために、散った花びらを残しておくんだ」

掃除の手を止めて、子細を白明に聞かせた。

「内匠頭様のご遺骸《いがい》は去年三月十四日の夕暮れどきに、浅野家菩提寺《ぼだいじ》である当寺に運ばれてきたんだ」

江戸城松の廊下で生じた刃傷沙汰《にんじょうざた》は、宿毛にまで聞こえていた。しかしそれは、大雑把《おおざっぱ》なうわさに過ぎなかった。

水月はこの寺にいて、内匠頭様埋葬の手伝いをしていた。

「去年の三月十四日は、穀雨《こくう》（二十四節気・清明の次）の翌日だったけど、桜の花びらは墓地の隅々にまで散り残っていた」

一面に敷かれたような花びらの上を、内匠頭の遺骸を納めた棺《ひつぎ》は墓所まで運ばれた。

埋葬を待つ棺にも、散り残っていた花びらが舞い落ちていた。沈むはずの夕陽が、あたかも居残りをするかのように棺を照らしていた。

「今日の法要は、内匠頭様一周忌法要なんだ」

水月は周囲を見回して声を潜めた。

内匠頭に即日切腹を申し渡した将軍の裁決には、大名諸家から異論が噴出していた。

浅野家は取り潰しとなったのに、吉良家にはなんらお咎《とが》めなしである。

将軍綱吉《つなよし》は激怒の余り、片手落ちの裁決をしたのではないか……こんな声やうわさが、江戸中で飛び交っていた。

公儀は世評を気にしていた。そんな批判に加えて、さらにもうひとつ、頭痛の種があった。

赤穂城を明け渡した浅野家家臣の一部が、江戸に集結して吉良邸への討ち入りを企《たくら》んでいるらしい。

決行の時期は内匠頭一周忌に当たる、元禄十五年三月十四日に違いない。

このうわさに神経を尖らせた公儀は、三月十四日の前日には探索方を江戸市中に放ち、不審な動きを監視させていた。

泉岳寺は監視から外れていた。格別のお達し等もなかった。

「ご公儀にいらぬ気を起こさせぬよう、内匠頭様の法要は本堂ではなく衆寮で執《と》り行う」

住持から指示された主事は、衆寮修行所に祭壇を設《しつら》えさせた。法要の後は墓所に赴き、墓前での供養も執り行うことにした。

ただし余計な人目を惹《ひ》かぬよう、墓地には住持ほか数名の僧侶のみが赴くことになった。

墓地を埋めた花びらをそのままにしておくのも、住持の指示だった。

「内匠頭様を偲んでのことさ。びっしりと墓地に敷き詰められた花びらは、一番の手向《たむ》けだとご住持はお考えになられたのだと思う」

檀家の非業《ひごう》の死を悼《いた》み、かつ、いかほど篤く内匠頭を泉岳寺住持が敬っておられたか。

その深きこころまでは、東福寺には聞こえてはこなかった。

水月から子細を聞かされた白明は、江戸と宿毛とがいかに遠きかを思い知った。

東福寺も泉岳寺も、越前永平寺《えちぜんえいへいじ》を本山と仰ぐ曹洞宗《そうとうしゅう》の寺である。宗派は同じだったが、土佐国宿毛は江戸から遠く遠く離れていた。

水月から聞かされるまで、内匠頭埋葬の子細も、その後の江戸で交わされていたうわさ等も、まるっきり宿毛にまでは聞こえてこなかった。

一周忌法要の手伝いをできている……

白明は晴れがましい想いを抱きつつ、墓所のゴミ拾いを続けた。

＊

粥の大鍋をかき混ぜるしゃもじの手応《てごた》えが、仕上がりはもうすぐだと白明に教えていた。

寺の周辺で地震や大水、火事などの災害が生じたとき、お助けの炊き出しを作る大鍋である。雲水たちの食事作りに用いる大鍋より、さらに一回り大きい。

しゃもじの柄も一尺ほど長いものに取り替えて使っていた。その手応えが、仕上がり近しを告げていた。

ふうっ……

大役をひとつ果たした気がした白明は、吐息を漏らした。

へっつい前にかがんだ白明は、火を落とし始めた。粥が仕上がったいま、薪《まき》の火はわずかでいい。

燃え盛っている赤松の薪四本を取り出し、足で踏みつけて火を消した。粥の美味さを損なわない、チョロチョロの火加減に変わっていた。

ひと息をついて、改めて思った。

泉岳寺の僧侶も江戸に暮らす町人たちも、だれもが赤穂藩の武士を敬っているのだ、と。

だからこそ、耳鼻達の話を聞いただけで、主事はすぐに動いた。

見たことを伝えに来た耳鼻達三人も、信次に駆け寄ってきた賭場の若い者もそうだ。

だれもが心底、赤穂藩の武家を大事に思っている。その気持ちが、凍えた雪道を全力で駆けさせたのだ……込み上げるものに押されて、白明は深い息を吐き出した。

ふううっ。

二度目の息を吐き出したとき、あることに思案が走った。

「水月さん」

白明はさんづけで同輩を呼んだ。

「どうかしたか白明。おれにさんづけなんて、気持ちがわるいぜ」

気味悪がっている水月に真顔を向けた。

「赤穂の方々は浅野家の墓前で、上首尾を伝えるはずだよな？」

「もちろんそうさ。真っ先に墓参りをなさるさ」

だからこそ、主事は山門前から浅野家墓所までの雪かきを指示していた。

「焼香台《しょうこうだい》がいるぞ」

「そうか！」

古参の水月は、白明の言い分を即座に理解した。墓参りには線香が欠かせない。今朝の墓参りは仇討ち上首尾の報告である。

ただの墓参りとはわけが違う。かなうことなら討ち入りに加わった全員が、主君の墓前で焼香をしたいに違いない。

「浅野家定紋《じょうもん》の描かれた焼香炉を、お預かりしている」

主事に報《しら》せて、ただちに焼香の支度を進めると言い置き、水月は炊事場を飛び出そうとした。

「待ってくれ」

呼び止めた白明は、焼香炉の用意は定紋にこだわらず、複数の用意がいると言い足した。

「あの方々は相当の人数だ。一基では足りない」

「分かった……さすが白明だ」

水月は本堂に向けて、炊事場を飛び出した。新雪を踏んだ新しい足跡が、一直線で本堂を目指している。

足跡の歩幅の大きなことが、水月の駆けっぷりを描き出していた。

四

「ご住持は、これからお見えになるであろう方々を、赤穂義士とお呼びになられた」

衆寮の雲水全員を前にして、主事は抑えた声で住持の指示を伝え始めた。

「本日ただいまより当寺においては、赤穂義士とお呼び申し上げる」

主事の口を通じての住持の指図を、全員がしかと胸に刻みつけた。

「耳鼻達信次が言うには、赤穂義士の総勢は四十人を大きく超えるとのことだ」

信次は月明かりだけの暗がりのなかで、四十人までは数えていた。が、怪我《けが》を負った者が肩を借りて重なり合っていたりして、定かな人数は把握していなかった。

「五十人には届いていないようなので、これより進める義士受け入れの支度は五十人分とする」

雲水たちは深くうなずき、指示を受け止めた。

「朝餉の膳には来客用の塗り椀《わん》を用いる」

粥と高野豆腐《こうやどうふ》の煮付け、香《こう》の物を箱膳で供する。茶は焙《ほう》じ茶を用いる。

いたせ」
「粥と茶は、義士の方々が着座されたのちに、熱さを失わぬうちに給仕するのを旨と
主事の細かな指図の源は、住持からのものだった。主君仇討ちは上首尾に成し遂げ
られたと住持は確信していた。
賭場の新太が判じた通り、槍の先に結わえ付けられていたのは、敵将の首に相違な
い。主君の墓前に供えるのは、見事に本懐を遂げたあかし《しるし》であろう……これが住持の
判断だった。
「義士各位に熱き粥等を摂っていただいた後は、衆寮自習室をすべて明け渡し、束の
間の休息場所としてお使いいただく」
自習室は畳敷き六畳間で、裏山に通ずる坂道に面していた。自習室を使うようにと
決めたのも住持だった。
「もしも追手が義士各位に迫り来る状況になったときは、山門上部に配した見張り雲
水が板木を叩《たた》いて急を報《しら》せることといたせ」
板木を合図に裏山へと入れば、多少なりとも応戦の支度ができる。
住持は義士のために、寺を挙げて支える覚悟を決めていた。
「以上、よろしいか」

「おうっ」

雲水の声が板の間に響いたとき、山門の板木がカンカン、カンカンと二連打を叩いた。義士の群れが山門に近づいているという合図だった。

「わしが山門でお迎えをする。水月と白明は、わしが指図をいたしたのち、義士各位を墓所までご案内しなさい」

残りの者は箱膳を調え、自習室の掃除をするようにと言い置き、主事は山門に向かった。

主事の足跡を崩さぬように気遣いつつ、水月と白明があとを追った。

*

雲水ふたりは赤穂義士の墓所への案内役を、つつがなく果たした。

全員が討ち入り装束で、傷を負った者、足首を捻挫《ねんざ》で傷めた者も複数名いた。そんな怪我人たちも、焼香の段には背筋を伸ばし、仲間の手や肩を借りずに焼香台の前に立った。

新雪の上に設えられた焼香台は五台である。中央に置かれた焼香炉には、浅野家定紋（丸に違い鷹《たか》の羽《は》）が金色で描かれていた。

全員が焼香を終えたのを見極めて、主事が一同を迎えに墓所まで出向いてきた。

「住持がお待ち申し上げております」

義士の首領・大石内蔵助《おおいしくらのすけ》に、主事がこれを告げた。大石が首領であるのは、山門下で出迎えたときに当人から明かされていた。

大石は最年長の堀部弥兵衛《ほりべやへえ》、原惣右衛門《はらそうえもん》、嫡男大石主税《ちから》を伴い、住持の前へと向かおうとした。

主事から段取りを耳打ちされた内蔵助は、他の面々を呼び集めた。大きな人の輪が内蔵助を取り囲んだ。

「おのおの方には、朝餉と休息所が用意されておるそうだ」

腹ごしらえのあと、暫時《ざんじ》休むようにと言い置き、主税らを引き連れて本堂に向かった。

残った義士たちは水月と白明が衆寮まで案内した。降り積もっていたふかふかの雪が、義士の戦闘沓《せんとうぐつ》で踏まれて穴だらけになっていた。

*

白明は四人の世話役を、本堂から戻ってきた主事に言い付けられた。

「ご案内申し上げます」

白明が案内した自習室には、すっかり昇った朝の光が差し込んでいた。

沓は脱いでいたが、四人とも討ち入り装束のままである。用意された座布団は使わず、畳にあぐらを組んで座した。

「てまえは当寺寄宿生で、名を白明と申します」

ご逗留《とうりゅう》の間は、なんなりと申しつけくださいとあいさつした。

裏庭に面して座していた一番左の義士が名乗りを始めた。

「木村《きむら》岡《おか》右衛《え》門《もん》貞行《さだゆき》にござる」

木村ははっきりとした物言いで名乗った。戦闘で負った傷口が、右手の甲に残っていた。

「茅野《かやの》和《わ》助常成《すけつねなり》にござる」

茅野も木村同様に、白明に目を合わせてはっきりと名乗った。

三人目の義士は、名乗る前に尻をずらした。

「岡野《おかの》金《きん》右《え》衛門《もん》包秀《かねひで》です」

名乗った声は、色白、細面《ほそおもて》の美顔に沿ったやわらかなものだった。四人の義士のなかでは、白明には最年少に見えた。

四番目の義士はあぐら組で座していても、大柄であるのが察せられた。

「大高源五《おおたかげんご》忠雄《ただたけ》と申す」

大高は武張《ぶば》った身体つきに沿った、野太い声で名乗った。

「木村様、茅野様、岡野様、大高様。お名前をうけたまわりました」

今後は苗字《みょうじ》で呼ばせて戴きますと断ってから、白明は箱膳を取りに炊事場に向かった。

戦闘前には腹ごしらえをしていたはずだ。しかしよほど空腹が激しかったらしい。

作法にのっとり、姿勢を正して粥を食していながら、椀はたちまちカラになった。

白明は自習室に持ち込んだ鉄鍋に、たっぷりと粥の代わりを用意していた。

どんぶりほどもある椀に給仕された粥を、四人とも代わりを求めた。煮物も香の物も、きれいに平らげた。

温かなものが身体に入り、緊張がゆるんだに違いない。並の者なら横になり、食後の仮眠をむさぼったことだろう。

義士はまったく違っていた。

全員が横並びになり、あたかも座禅を組むかの姿勢で外に積もった雪を見始めた。朝日を激しく照り返している雪の眩しさを、目を細くして見詰めていた。

睡魔を追い払っているのだと、白明にはすぐに察しがついた。座禅中に睡魔に襲いかかられたとき、白明も眩《まばゆ》い一点を見詰めていたからだ。

眠気覚ましには雑談が特効薬だが、まさか義士に雑談をお願いはできない。

どうすれば四人の眠気を追い払う手伝いができるだろうか……思案を巡らせていた白明は、妙案を思いついた。

納戸《なんど》から文机《ふづくえ》と矢立《やたて》を運び出してきたあと、自習室の縁側に据え置いた。雪を見ていた四人の目が白明に向けられた。

「木村様にお願いがございます」

白明は文机に寄っていただきたいと頼んだ。眠気覚ましになると思ったのか、木村は威勢よく立ち上がり、文机に近寄った。

「てまえは土佐国宿毛が在所でございます」

郷里の東福寺に持ち帰りたいので、一筆お書きいただきたいと強く願った。

四人とも、死を覚悟して討ち入りに臨んでいたのは明らかである。いまも背筋を張り、睡魔と闘っていた。

強い覚悟あればこその所作である。

眠気撃退の妙案と思ったのは、いわば白明のこじつけであり、その実は四人の直筆が欲しかったのだ。

間近で接することのできた、大望を成し遂げた武家。

凛としたなかにも気の安らぎが同居している武家の姿に、白明は強烈に惹き込まれていた。

頼まれた木村は、ここで書く一枚が、我が遺墨《いぼく》となるやもしれぬと考えたようだ。

「承知いたした」

居住まいを正した木村は懐紙《かいし》を取り出し、文机に置いた。戦闘中も懐に納まっていた紙には、四つ折りの畳みじわがついていた。

ていねいな手つきでしわを伸ばしたあと、矢立の筆をとり墨に浸した。筆を手にしたまま、なにを書こうかとしばし考えをめぐらせていた。

まとまった後は強い調子で一気に書いた。

思ひきや　我武士《わがもののふ》の道ならで
かかるみのり（御法）の　えん（縁）にあふとは
英岳宗俊信士

木村が書き終えたとき、右手の傷口から鮮血が滲《にじ》み出て、懐紙に落ちた。血の滲みがじわっと広がった。

木村は慌てて懐紙を手に持ち、書き損じたとして反故紙《ほごがみ》にしようとした。

「そのままを頂戴いたします」

白明は血の滲みがついた懐紙を大事に受け取ると木村の肩を見た。

義士はだれもが右肩の鎖帷子に、氏名を記した紙を折り込んでいた。戦死したときへの備えであり、戦闘に臨む際の作法でもあった。

四人のなかで木村だけが左肩には「英岳宗俊信士」の法名が挟《はさ》まれていた。

「木村様のこのご法名は、どなたより受けられましたのでしょうか？」

「播州《ばんしゅう》の盤珪《ばんけい》禅師殿から授けられた」

木村の返答を、白明は居住まいを正してうかがった。盤珪禅師は、まだ若い白明でも知っているほどの高僧だったからだ。

「ありがたく頂戴いたします」

両手で受け取ったあと、持参した文箱《ふばこ》に納めた。残る三人は口を閉じたまま、白明の振舞いを見詰めていた。

文箱を脇にどけたあと、今度は茅野に目を合わせた。

「茅野様にもこの文机にて、一筆お書きいただけましょうか」

「うむ……」

木村の為した一部始終を見ていた茅野である。断るのは作法違いと思ったようだ。が、茅野は懐紙を持ってはいなかった。

「てまえに用意がございます」

文箱を開き、半紙を取り出して文机に載せた。真新しい半紙には、一本のしわもなかった。

茅野も矢立の墨に浸してから、黙考した。

茅野は発句《ほっく》まで、さほどの間をとらなかった。

世や命
咲野にかかる　世やいのち

矢立の墨とはいえ、泉岳寺が使う墨である。半紙の文字には、黒艶が感じられた。

「ありがたく頂戴いたします」

半紙を納めたあと、白明は三人目の岡野にも書いてほしいと頼んだ。

「わたしは悪筆で筆無精《ふでぶしょう》ですし、発句のたしなみもありません」

強い口調で辞退した。

「なにとぞてまえに、一句をお書きください」

全員の筆をと望んでいた白明は、言葉を重ねて頼み込んだ。若い岡野に柔らかな眼《まな》差《ざ》しを向けた茅野が、書いてあげなさいと両目の光で指図していた。

「うけたまわりました」

肚《はら》をくくった岡野は、白明から半紙と筆とを受け取った。強く辞退していたにもかかわらず、岡野はすぐさま書き始めた。

上野介殿といふしるし（首）をあげて
亡君にそなへ侍るとて

其匂《そのにお》ひ　雪のあちらの野梅かな

これが岡野の仕上げた一句だった。

白明はことさら大事そうに文箱に納めたあと、大高に一句を頼んだ。

他の三人のさまを見ていた大高である。素早く立ち上がり、文机の前に座した。大高も懐紙を持っていた。畳みじわを伸ばしたあとで、白明から筆を受け取った。

白明には知るよしもなかったが、大高は俳人其角《きかく》とも交流を持つほど俳諧に長じていた。

懐紙には「凌霜亭子葉《りょうそうていしよう》」の号を記したあとに、一句をしたためた。

山をさく
ちからも折れて　松の雪

あたかも辞世の句を思わせる一句だった。

「ありがたく頂戴いたします」

四人に向かって白明が声を張ったとき、裏山でまた笹の雪が落ちる音がした。

さほどに大きな音ではなかったが、気を張っている武士は聞き逃さなかった。

「あれは笹の雪が落ちる音か？」

竹藪を見ながら大高が訊ねた。

「さようでございます」

白明が即座に答えたら、大高が身を乗り出した。初めて見せた、くつろいだ表情になっていた。

「竹藪に入っても構わぬか？」

白明は返答に詰まった。義士の禁足を指図されてはいなかったが、竹藪に入る理由を知りたかった。

白明が訊ねると、大高はなんと照れ笑いのような表情を浮かべた。

「笹の葉に積もった雪を、頬張ってみたいのだ。幼少の折には、庭で笹に積もった雪を何度も口に入れておったでの」

大高がわけを明かしたら、残る三人も一緒に行きたいと言い出した。全員が、こども時分には笹の雪を口に入れていた。

「うけたまわりました」

理由に得心がいった白明は、四人分の足駄《あしだ》を調達して戻ってきた。

「これはかたじけない」

声を揃《そろ》えて礼を言った四人は、白明の先導で竹藪に入った。雪はまだたっぷりと残っていた。

「どうぞ、お好きなだけ……」

四人は一斉に雪を頰張った。白明も真似をして口に入れた。

新雪は柔らかく、口に入れるなり、たちまち水になった。しかしただの水ではなかった。孟宗竹の青い香りを含んでいた。

「竹はいい。雪にもめげず、しっかりと笹を生やしている」

大高のつぶやきに、三人が小さくうなずいた。

裏山に棲《す》みついているタヌキの親子が、義士から離れたところで様子を見ていた。

雪を頰張る討ち入り装束の武家が、不思議な眺めだったのかもしれない。

＊

一刻半（三時間）を過ごした後、赤穂義士は泉岳寺から出て行った。

うわさは寺の周辺に広まっていたようだ。隊列を整えて出て行く義士を、町人たちは深い辞儀《じぎ》をして見送った。

どこから集まってきたのか幾重《いくえ》もの人垣が、前を通り過ぎる義士に、敬いを込めて身体をふたつに折っていた。

白明は大高たち四人の後ろ姿を、食い入るようにして見詰め続けた。

これが今生《こんじよう》の別れと察しての眼差しだった。

五

義士たちは大名四家（細川越中守綱利《ほそかわえつちゆうのかみつなとし》、松平隠岐守定直《まつだいらおきのかみさだなお》、毛利甲斐守綱元《もうりかいのかみつなもと》、水野《みずの》監物忠之《けんもつただゆき》）に分散して預けられた。

幕閣は赤穂義士の処罰をどうするかで、議論を重ねた。しかし一向に定まらず、越年する羽目となった。

浅野内匠頭には即日切腹を裁断した。拙速だった裁断が吉良邸討ち入りを惹起《じやつき》したのだ。

主君の無念を晴らさんがためだった討ち入りを、高く評価する大名諸家も少なくなかった。

細川家もその一である。預けられた赤穂義士には、賓客としてのもてなしを続けていた。

新年を迎えても裁決されぬ事態に、江戸市中では「全員のご赦免」がうわさとして流れていた。

白明は毎日の勤行のなかで、義士たち全員の息災《そくさい》を願った。座禅を組み雑念を追い払おうとしても、一枚の絵が消せなかった。

笹の葉に積もった雪を食べたときの、四人の表情が脳裏に焼き付いていた。

一切の邪念を持たず、幼少時代に立ち戻った四人の武家が浮かべていた、あの笑顔。

弱冠十九歳の白明は、あの笑顔の尊さ、奥深さの境地に憧れを抱いていた。

赤穂義士にかかわるうわさや評判は、衆寮に起居する白明の耳にもさまざま聞こえていた。

討ち入りには四十七名が参加した。

「赤穂義士四十七士」なる呼び方が、江戸の隅々にまで流布《るふ》されていた。

「大石内蔵助は、やっぱりひとの上に立てるおかただぜ」

普請場で感心しきりの大工に、鏝《こて》を手にした左官職人が問いかけた。

「どうしてそれが言い切れるんでえ」と。

大工は息を吸い込み、吐き出したあとで一気に答えた。

「討ち入りに加わったのは、ほとんどが下っ端のおさむらいでよ。上つ方の連中は、さっさと次の働き口を見付けていたてえんだ」

大石内蔵助はそれを恥じて、同志に詫《わ》びていた……それでこそ首領の器だと、大工は口から泡を飛ばした。左官も得心してうなずいた。

「お上も今度は裁きをしくじらねえで、とっとと四十七人をお赦ししねえな」

「お預けされた面々だって、いまはもういっぺん、娑婆《しゃば》の空気を吸いてえに決まってらあね」

こんな庶民の声を聞くたびに、白明は強い違和感を覚えていた。

「あの方々はそうではない。主君の墓前で焼香したときに、死して側に仕える覚悟はできていた」

その強い覚悟があったればこそ、笹の雪を頬張ったときの、あの笑顔が浮かべられた……

息災を願うかたわら、白明は四人の覚悟の尊さを思い、胸の内で落涙《らくるい》していた。

＊

元禄十六年二月四日。お預け先四家で義士の切腹が執り行われた。

いずれも屋敷内庭先を使い、栄誉ある畳敷きの場所が設えられた。細川家は最高礼の畳三枚、他の三家は二枚敷きだった。

棺はすべて泉岳寺に運ばれた。が、土葬とする埋葬場所がなかった。住持の判断で、裏山の竹藪が切り拓かれた。

縦横に張った根を掘り出し、石などを取り除くのに丸二日を要した。作業人足に混じって、雲水も手伝った。これも住持の指図だった。

切り取られた孟宗竹が、山積みとなっていた。白明は竹の枝四本を切り取った。木村岡右衛門、茅野和助、岡野金右衛門、大高源五の棺に、手向けとして笹の枝を一緒に埋葬した。

四人の遺墨原本は白明の在所、高知県宿毛市立宿毛歴史館に保存されている。

●略歴

葉室　麟
（はむろ・りん）

1951年福岡県生まれ。2005年「乾山晩愁」で歴史文学賞を受賞しデビュー。2007年『銀漢の賦』で松本清張賞、2012年『蜩ノ記』で直木賞、2016年『鬼神の如く　黒田叛臣伝』で司馬遼太郎賞を受賞。他の著書に『暁天の星』『約束』など多数。2017年逝去。

朝井まかて
（あさい・まかて）

1959年大阪府生まれ。2008年『実さえ花さえ』（文庫改題『花競べ』）で小説現代長編新人賞奨励賞を受賞しデビュー。2014年『恋歌』で直木賞、2016年『眩』で中山義秀賞、2021年『類』で柴田錬三郎賞を受賞。他の著書に『白光』『ボタニカ』など多数。

夢枕　獏
（ゆめまくら・ばく）

1951年神奈川県生まれ。1998年『神々の山嶺』で柴田錬三郎賞を受賞、『大江戸釣客伝』で2011年泉鏡花文学賞、舟橋聖一文学賞、2012年吉川英治文学賞をトリプル受賞。他の著書に『天海の秘宝』『仰天・俳句噺』など多数。

長浦　京
（ながうら・きょう）

1967年埼玉県生まれ。2011年『赤刃』で、小説現代長編新人賞を受賞。2017年『リボルバー・リリー』で大藪春彦賞を受賞。他の著書に『アンダードッグス』『アキレウスの背中』『プリンシパル』などがある。

梶よう子
（かじ・ようこ）

東京都生まれ。2005年「い草の花」で九州さが大衆文学賞大賞を受賞。2008年「一朝の夢」で松本清張賞を受賞し、同作で単行本デビュー。2016年『ヨイ豊』で直木賞候補、歴史時代作家クラブ賞作品賞を受賞。他の著書に『北斎まんだら』『吾妻おもかげ』『広重ぶるう』『空を駆ける』『我、鉄路を拓かん』など多数。

諸田玲子
（もろた・れいこ）

1954年静岡県生まれ。2003年『其の一日』で吉川英治文学新人賞、2007年『奸婦にあらず』で新田次郎文学賞、2012年『四十八人目の忠臣』で歴史時代作家クラブ賞作品賞を受賞。他の著書に『森家の討ち入り』『しのぶ恋』「お鳥見女房」シリーズなど多数。

山本一力
（やまもと・いちりき）

1948年高知県生まれ。2002年『あかね空』で直木賞を受賞。他の著書に『晋平の矢立』『夢曳き船』『深川駕籠　クリ粥』「ジョン・マン」シリーズなど多数。

本書は二〇一七年三月、小社より刊行されました。
文庫化にあたり、一部を加筆・修正しました。

決戦《けつせん》！忠臣蔵《ちゅうしんぐら》

葉室《はむろ》 麟《りん》、朝井《あさい》まかて、夢枕《ゆめまくら》 獏《ばく》、長浦《ながうら》 京《きょう》、
梶《かじ》よう子《こ》、諸田玲子《もろたれいこ》、山本一力《やまもといちりき》

講談社文庫

定価はカバーに
表示してあります

2022年11月15日第1刷発行

KODANSHA

発行者――鈴木章一
発行所――株式会社 講談社
東京都文京区音羽2-12-21 〒112-8001
電話 出版（03）5395-3510
販売（03）5395-5817
業務（03）5395-3615

Printed in Japan

デザイン―菊地信義
本文データ制作―講談社デジタル製作
印刷―――株式会社KPSプロダクツ
製本―――株式会社国宝社

ISBN978-4-06-529854-1

講談社文庫刊行の辞

二十一世紀の到来を目睫に望みながら、われわれはいま、人類史上かつて例を見ない巨大な転換期をむかえようとしている。

世界も、日本も、激動の予兆に対する期待とおののきを内に蔵して、未知の時代に歩み入ろうとしている。このときにあたり、創業の人野間清治の「ナショナル・エデュケイター」への志を現代に甦らせようと意図して、われわれはここに古今の文芸作品はいうまでもなく、ひろく人文・社会・自然の諸科学から東西の名著を網羅する、新しい綜合文庫の発刊を決意した。

激動の転換期はまた断絶の時代である。われわれは戦後二十五年間の出版文化のありかたへの深い反省をこめて、この断絶の時代にあえて人間的な持続を求めようとする。いたずらに浮薄な商業主義のあだ花を追い求めることなく、長期にわたって良書に生命をあたえようとつとめるところにしか、今後の出版文化の真の繁栄はあり得ないと信じるからである。

同時にわれわれはこの綜合文庫の刊行を通じて、人文・社会・自然の諸科学が、結局人間の学にほかならないことを立証しようと願っている。かつて知識とは、「汝自身を知る」ことにつきていた。現代社会の瑣末な情報の氾濫のなかから、力強い知識の源泉を掘り起し、技術文明のただなかに、生きた人間の姿を復活させること。それこそわれわれの切なる希求である。

われわれは権威に盲従せず、俗流に媚びることなく、渾然一体となって日本の「草の根」をかたちづくる若く新しい世代の人々に、心をこめてこの新しい綜合文庫をおくり届けたい。それは知識の泉であるとともに感受性のふるさとであり、もっとも有機的に組織され、社会に開かれた万人のための大学をめざしている。大方の支援と協力を衷心より切望してやまない。

一九七一年七月

野間省一

講談社文芸文庫

蓮實重彦
フーコー・ドゥルーズ・デリダ
解説=郷原佳以
はM6
978-4-06-529925-8
『言葉と物』『差異と反復』『グラマトロジーについて』をめぐる批評の実践=「三つの物語」。ニューアカ台頭前の一九七〇年代、衝撃とともに刊行された古典的名著。

古井由吉
楽天記
解説=町田 康　年譜=著者、編集部
ふA15
978-4-06-529756-8
夢と現実、生と死の間に浮遊する静謐で穏やかなうたかたの日々。「天ヲ楽シミテ、命ヲ知ル、故ニ憂ヘズ」虚無の果て、ただ暮らしていくなか到達した楽天の境地。

笹生陽子　世界がぼくを笑っても
沢木耕太郎　一号線を北上せよ〈ヴェトナム街道編〉
佐藤多佳子　一瞬の風になれ　全三巻
笹本稜平　駐在刑事
笹本稜平　駐在刑事　尾根を渡る風
西條奈加　世直し小町りんりん
西條奈加　まるまるの毬《いが》
西條奈加　亥子《いのこ》ころころ
佐伯チズ　改訂完全版　佐伯チズ式「完全美肌バイブル」〈123の肌悩みにズバリ回答！〉
斉藤　洋　ルドルフとイッパイアッテナ
斉藤　洋　ルドルフともだちひとりだち
佐々木裕一　公家武者　信平《のぶひら》〈消えた狐丸〉
佐々木裕一　逃げた名馬〈公家武者　信平㈡〉
佐々木裕一　比叡山の鬼〈公家武者　信平㈢〉
佐々木裕一　公《く》卿《ぎょう》の罠《わな》〈公家武者　信平㈣〉
佐々木裕一　狙われた旗本〈公家武者　信平㈤〉
佐々木裕一　赤い刀身〈公家武者　信平㈥〉
佐々木裕一　帝《みかど》の刀《とう》匠《しょう》〈公家武者　信平㈦〉
佐々木裕一　若君の覚悟〈公家武者　信平㈧〉

佐々木裕一　くもの頭領〈公家武者　信平㈨〉
佐々木裕一　宮中の誘い〈公家武者　信平㈩〉
佐々木裕一　雲《ひ》雀《ば》の太刀〈公家武者　信平(十一)〉
佐々木裕一　決着の鬨《とき》〈公家武者　信平(十二)〉
佐々木裕一　姉妹の絆〈公家武者　信平(十三)〉
佐々木裕一　狐のちょうちん〈公家武者信平ことはじめ㈠〉
佐々木裕一　姫のため息〈公家武者信平ことはじめ㈡〉
佐々木裕一　四谷の弁慶〈公家武者信平ことはじめ㈢〉
佐々木裕一　暴れ公卿〈公家武者信平ことはじめ㈣〉
佐々木裕一　千石の夢〈公家武者信平ことはじめ㈤〉
佐々木裕一　妖《あや》し火〈公家武者信平ことはじめ㈥〉
佐々木裕一　十万石の誘い〈公家武者信平ことはじめ㈦〉
佐々木裕一　黄《よ》泉《み》の女〈公家武者信平ことはじめ㈧〉
佐々木裕一　将軍の宴〈公家武者信平ことはじめ㈨〉
佐々木裕一　宮中の華〈公家武者信平ことはじめ㈩〉
佐藤　究《きわむ》　QJKJQ
佐藤　究　Ank：a mirroring ape
佐藤　究　サージウスの死神
佐野　晶　三田紀房・原作　小説アルキメデスの大戦

澤村伊智　恐怖小説キリカ
さいとう・たかを　戸川猪佐武　原作　歴史劇画　大宰相〈第一巻　吉田茂の闘争〉
さいとう・たかを　戸川猪佐武　原作　歴史劇画　大宰相〈第二巻　鳩山一郎の悲運〉
さいとう・たかを　戸川猪佐武　原作　歴史劇画　大宰相〈第三巻　岸信介の強腕〉
さいとう・たかを　戸川猪佐武　原作　歴史劇画　大宰相〈第四巻　池田勇人と佐藤栄作の激突〉
さいとう・たかを　戸川猪佐武　原作　歴史劇画　大宰相〈第五巻　田中角栄の革命〉
さいとう・たかを　戸川猪佐武　原作　歴史劇画　大宰相〈第六巻　三木武夫の挑戦〉
さいとう・たかを　戸川猪佐武　原作　歴史劇画　大宰相〈第七巻　福田赳夫の復讐〉
さいとう・たかを　戸川猪佐武　原作　歴史劇画　大宰相〈第八巻　大平正芳の決断〉
さいとう・たかを　戸川猪佐武　原作　歴史劇画　大宰相〈第九巻　鈴木善幸の苦悩〉
さいとう・たかを　戸川猪佐武　原作　歴史劇画　大宰相〈第十巻　中曽根康弘の野望〉
佐藤　優　人生の役に立つ聖書の名言
佐藤　優　戦時下の外交官〈ナチス・ドイツの崩壊を目撃した吉野文六〉
佐藤　優　人生のサバイバル力
斉藤詠一　到達不能極
佐々木実　竹中平蔵　市場と権力〈「改革」に憑かれた経済学者の肖像〉
斎藤千輪　神楽坂つきみ茶屋〈禁断の「盃《さかずき》」と絶品江戸レシピ〉
斎藤千輪　神楽坂つきみ茶屋2〈突然のピンチと喜寿の祝い膳〉
斎藤千輪　神楽坂つきみ茶屋3〈想い人に捧げる鍋料理〉

講談社文庫　目録

2022年9月15日現在